당신을 잊은 사람처럼

당신을
잊은
사람처럼

신
용
목 산
문

ㄴㄴ〉〈ㄷㄴ

차례

2부

3부

○ **일러두기** 이 책은 『우리는 이렇게 살겠지』(난다, 2016)의 개정판입니다.

서

문

_____

우리는 이렇게 살았지

1.

그는 사라짐과 잊혀짐을 생산하는 공장에서 일한다.

사라짐과 잊혀짐을 위하여

어느 겨울, 일제히 출근했다 한꺼번에 실종되는 사람, 부재
와 망각이라 불리는 공산품을 만든다.

누구나 청춘을 지불해 인생을 사지만

여보세요! 이 불량품을 좀 바꿔줄 수 없나요? 내 생활을 망
치는 긴 비 속에서 수도꼭지만 틀어도 그의 시신이……

썩지도 않고 눈사람들이 쏟아지는데

사라진 자에게 전화해 잊혀진 이름을 부르며 여보세요! 여보세요! 이 불량품을…… 그러나

내 꿈속의 눈보라를 이끌고 파업을 하고 있는……

그들과의 협상이 8년째 끝나지 않는다. 아무리 전화해도 사라진 자로부터 망각의 회신이 오지 않는다.

잊으려고, 끝없이 지나간 시간을 불러세우는 모순에 대해서라면…… 안다. 누구도 응답하지 않을 것이다.

사랑하지 않고 그것을 버릴 수 없는 것처럼 버리지 않고 잊을 수 있는 것은 없다. 그러므로

내 사랑은 아직 시작되지 않았다.

2.

초판을 내고 8년이 흘렀다. 처음은 늘 부끄럽지만 더불어 무엇과도 바꿀 수 없는 어떤 빛을 간직하기 마련이다. 첫 산문집도 예외가 아니지만 도리어 그것만으론 부족한 뭔가가 이

책에는 더 있는 듯하다. 저녁 화단을 바라보는 사이 내 그림자를 비껴간 꽃보다 그러지 못한 꽃이 더 일찍 시들어 보이는 때처럼 내 마음의 무게에 짓눌려 어떤 시간은 더 멀리 물러난 듯 여겨지는 일이 그렇고. 춥게 웅크린 고양이의 몫으로 하루는 담 위에 둥근 접시를 올려두었더니 더는 잿빛 목덜미가 보이지 않아 초조하던 날들처럼 서툰 관심이 어떤 생을 내 반경 너머로 쫓아버린 것같이 느껴지는 일이 그렇다. 이런 회한은 가을 화단과 눈 쌓인 담장의 것이어서 영원히 나를 그 자리로 돌아가게 만든다. 모르지 않는다. 마치 이 책이 해를 거쳐온 '8' 모양의 뫼비우스 띠처럼 아무리 돌아가도 거기에 도착할 수 없다는 것을, 시간의 이면에 숨은 시절을 빈 그릇의 구겨진 그림자로 바라볼 수밖에 없다는 것을 말이다.

그러나 나는 내가 돌아가는 자라서 좋다. 무모한 자라서, 후회가 많은 자라서, 스스로에 대한 혐오를 키워가는 자라서, 그것이 마냥 즐거울 리 없더라도 내가 잃어버려서 텅 빈 시간이 다시 나를 잃고 무모와 후회와 혐오를 젊음의 전부로 세워둘 때, 나는 비로소 내 인생의 손님이 된 것처럼 느껴지는 것이다. 말하자면 무모와 후회와 혐오가 보낸 초대장에 적힌 내 이름을 꿈속의 악보처럼 짚어보는 일. 바다로 돌아간 고래처럼, 삶에 돋아난 열망과 절망의 가지들을 수평선으로 잘라낸 자리에서 옹이의 눈을 떠 태초의 물속을 바라보는 것. 그래서 젊음이 무모와 후회와 혐오로 쓰여진 미래의 수취인에 불과하다는 것을 알게 되었을 때, 나는 세상의 어떤 사연도 더는 궁금하지 않은 성실한 배달원이 되어 밤의 한가운데를 삐걱대는 자전거를 타고 가로지르는 것이다. 물론 8년 전의 내가 이 이상하고 아름다운 직업의 봉급자가 되리라고 예상했던 것은 아니다. 다만 이 책의 처음을 다그친 친구이자 동료이며, 그것으로 내 몸의 지하실에 전등을 달아준 김민정은 예감했을지도 모르겠다. 그렇지 않고서는, 이 부족하고 부산한 동어반복을 허락하고 응원할 리 없을 테니 말이다.

3.

사랑의 원천이 상실에 있어서 우리는 젊음을 사용할 수밖에 없다. 그래서 젊음은 사랑과 만날 수 없다. 만날 수 없는 낮과 밤이 지구의 하루인 것처럼, 만남을 시연할 뿐 만남은 없고 결별을 시연할 뿐 결별은 없다.

젊음은 인간이 어떤 협력으로도 포획할 수 없는 대상이 사랑이라는 것을 상실을 통해 증명한다.

눈앞에 보이는 것이 그 뒤에 있는 것들을 가리고서만 보이는 것처럼,

마치 눈보라처럼,

젊음은 사랑이 있었음을 떠올리려고 애쓰는 눈사람의 기억법인지도 모른다. 그러므로

잊을 게 없는 자가 잊기 위해 잊을 수 없는 일을 더듬는 것은 이 가능한 세상 뒤에 숨은 '불가능'을 소환하는 절차는 아닐까.

기도가 현실 너머에 있는 기적을 부르는 일인 것처럼, 제사가 생명 너머에 있는 죽음을 깨우는 일인 것처럼,

그것이 불가능에 대한 소환이라면…… 사정이 달라질 수도 있지 않을까. 법정을 열고 법리를 따져 실컷 다투고 나면 정말 저 실패의 시간을 잠가버릴 수 있지 않을까.

결정된 세계란 게 있어서 거기, 봉합된 세계란 게 있어서 거기, 마음의 상자에 담아 몸의 지하실에 넣고 어둠을 철컹 울리는 쇠 소리와 함께 단단히 자물쇠로 채울 수도 있지 않을까.

적어도 8년 동안, 그런 일은 일어나지 않았다.

뫼비우스 띠처럼 다시 같은 길을 따라 돈다.

인간의 상실이 태어나기 이전에 누렸던 망각된 평온에서 시작된 것이라면 젊음의 열도가 그 슬픔에서 벗어날 수 있을까.
다만 과거로부터 물려받은 것이 몸밖에 없어서 미래는 늘 몸의 자물쇠를 열고 눈보라를 깨운다.

인간의 몸안에서 과거는 미래를 만나 현재를 낳는다. 그것 말고 우리는 사랑을 설명할 길이 없다. 늙는다는 것은 더 많은 현재를 가졌다는 뜻일 것이다. 머잖아 사랑을 완성할 만큼 말이다.

4.

어떤 사건이 지나간 자리에 남는 것은 특별한 깨달음이나 확신이 아니다. 어떤 사건도 '의미'를 남기지 않는다. 아니 깨달음이나 절망감은 그 사건이 환기하는 것, 이를테면 근원을 에워싼 냄새처럼 그 사건에 종속된 무언가에 불과하다. 우리가 말하는 '의미' 너머에 있는 것은 언제나 '사물'이다. 사건이 지나간 자리이자 거기 남은 것으로서의 몸. 엇갈리는 세계에서 꿈과 현실이 유일하게 나눠가진 몸, 여전히 그리고 영원히 상상과 실제가 함께 사용하게 될 그 몸 말이다. 인간의 마음이 아무리 많은 미지를 거느린다 하더라도 그것들은 몸을 통해서만 현실로 들어올 수 있다. 허공에 숨어 있는 음들이 목소리를 통해서만 당신의 이름으로 바뀌는 것처럼, 몸은 과거와 미래가 함께 쓰는 시간의 현장이며 세계 자체인지도 모른다. 그래서 지나간 일은 마치 꿈처럼 지나갈 일이 되어 내 몸 어딘가를 떠돈다. 몸은 하나의 사건을 다시 겪는 장소이며, 다시 겪는 장소에서 새로워지는 사건 자체가 되기도 한다. 몸이 우리가 겪을 수 있는 유일한 사건이다.

5.

서로 형체를 분간할 수 없을 만큼 어두운 밤이었다. 나는 형과 누나를 따라 걷고 있었다. 어디를 향하는지 얼마나 늦었는지 기억나지 않을 만큼 어려서 나는 간간이 길섶을 건너오는 찌르라기 소리에 주의를 빼앗기곤 했다. 그때, 멀리서 어둠을 찢으며 떨어지는 날카로운 빛을 보았다. 칼날 같은 섬광이었다. 아니 검은 잠바에 달린 흰 자크처럼, 빛은 순식간에 좌우를 가르더니 다시 감쪽같이 채워버렸다. 세상 너머의 풍경을 슬쩍 보여주겠다는 듯 찰나를 긋고 짧게 사라졌다. 나는 매혹된 최초의 인류처럼 멈춰섰다. 몸의 내부를 긁어내리는 고백처럼 순식간에 어떤 비밀을 속삭여놓고 간 것 같았다. 놀라움과 망연함이 비명과 침묵처럼 내 전신의 감각을 양쪽으로 끌어당겨 꼼짝할 수 없는 순간이었다. 그리고 다시, 어둠은 인간이 눈을 떠서 어떤 상실의 실체를 목도하라는 듯 모든 것을 가렸다. 나는 서둘러 형과 누나를 불렀지만 그들은 발소리조차 들리지 않을 만큼 멀리 사라진 다음이었다. 매혹이 지나간 몸으로 캄캄한 공포가 엄습해왔다. 형과 누나를 따라잡기 위해 나는 뛰었다. 숨이 목까지 차올랐지만 그들은 나타나지 않았다. 이마에 땀이 맺히고 온몸의 잔털이 철사처럼 일어섰지만 어둠은 그들의 형체를 좀체 허락하지 않았다. 공포의 정점에서 내가 할 수 있는 일은 주저앉아 우는 일밖에 없었다. 그것이 매혹 때문인지, 매혹에 사로잡힌 동안 잃어버린 시간 때문인지, 몰랐다. 뜻밖에도 형과 누나는 저 뒤에서부터 내가 지나온 길을 걸어 나에게 도착했다. 내가 언제 그들을 앞질렀는지 알 수 없었다. 내가 어떻게 그들을 지나쳤는지 알 수 없었다. 그것이 매혹 때문인지, 매혹에 사로잡힌 동안 잃어버린 시간 때문인지, 몰랐다. 아무것도 설명할 수 없을 만큼 어려서 나는 계속 울 수밖에 없었다. 그때 나는 어둠 속에 매복하고 있는 것이 현재가 아니라 과거 전체이며 기어이 미래까지 뒤섞여 있다는 것을 알게 되었는지도 모르겠다. 매혹은 내 몸의 어둠을 찢고 들어와 인간의 문장이 오래 지켜온 시제의 전후를 해체한다.

6.

우리 몸이 우리의 형상화이듯 눈사람은 매혹의 형상화이며, 젊음은 그 섬광의 형상화인지도 모르겠다.

모두 사랑을 완성하기 위해 존재하는 것들. 몸의 어둠 속에 매복하며 간간이 상처의 벌어진 틈으로 바깥을 내다보는 것들.

그렇게 몸은 우리가 겪을 수 있는 사건 전부가 된다. 인생이 된다. 말하자면 내가 아직 살아 있어서 여전히 진행형인 그 사건 속에

완성되지 않아서 완료되지 않는 사랑이 있다.

인생이 있다.

여전히 부끄럽지만, 이 책은 그 믿음이 거느린 희미한 빛에 대한 간증이며 끝없이 나를 소환하는 텅 빈 젊음에 대한 첫 고백인 셈이다.

7.

이 허술하고 막연한 고백을 너그러이 지켜준 '난다'와 난다의 가족들('난다'가 아니라면 애초에 고백은 시작될 수 없었을 것이며 단언컨대 이후의 어떤 고백도 뒤따르지 않을 것이다), 고백의 상대였던 수많은 그대들(살아 있어서 고마운 이들과 사라져서 사랑이 된 분들 모두에게 안부를 전한다)과 고백의 용기를

담당해준 소중한 나의 친구들(언제부턴가 그들은 나의 이유가 되었다)에게, 이 자리를 빌어 더 큰 고백을 남긴다. 사랑이 완성되는 순간까지 당신들은 캄캄한 밤의 자물쇠가 채워진, 매혹된 내 몸을 벗어날 수 없을 것이다.

2024년 12월

신용목

1

부

모든 것이 그렇다

꼭 너를 사랑하는 일에 대해서만 말하는 것은 아니다.
모든 것이 그렇다.

누구나 수백 가지 이유를 버리고 단 한 가지 이유로 서로를
사랑한다.

누구나 수백 가지 이유를 지우고 단 한 가지 이유로 서로와
헤어진다.

꼭 생의 쓸쓸한 진실에 대해서만 말하는 것은 아니다.
이 글들도 그렇다.

누구도 인생을
한꺼번에 살지 않는다

"우리가 웃고 떠들며 함께했다는 것만으로도 이 거칠고 추한 세상을 조금은 아름답게 만들었다고 믿는다."

문자를 받았다.

세상의 모든 멘토들은 하나같이 인생의 목표를 정하고 그 꿈을 향해 나아가라고 말하는데, 정작 자신의 문제는, 도대체 인생을 두고 하고 싶은 일이 무엇인지 꾸고 싶은 꿈이 무엇인지 모르는 거라고.

문자를 보냈다.

이 세상 누구도 인생을 한꺼번에 만난 적 없다고. 그러니 괜찮다고. 그날그날 하고 싶은 일을 하고 그날그날 꾸고 싶은 꿈을 꾸면 된다고.

종이를 멀리 보내는 방법

"우리는 우리라는 증상을 앓기 위해 기꺼이 사랑할 수 있다."

종이를 멀리 보내려면, 종이비행기를 접어야 한다. 그러나, 정해진 결에 따라 접힌 종이비행기는 공기의 저항과 압력에 구속된다. 그래서 쉽게 방향을 잃고 알 수 없는 곳으로 휘어진다.

종이를 멀리 보내려면, 구겨서 던지면 된다. 그러면 종이는 나의 완력과 의지에 따라 내가 원하는 방향으로 정확히 날아간다. 구겨짐을 두려워하지 않을 때, 비로소 나는 나의 삶을 산다.

내가 인생에게서 느끼는 것은

    인생은 지상의 작대기로는 바닥을 짚을 수 없을 정도로 깊은 우물이고 호두나무 꼭대기에 걸린 연처럼 난해한 것이지만, 내가 인생에게서 느끼는 배신감은 좀 다른 종류의 것이다. 그럼에도 불구하고, 인생은 지루할 정도로 단조롭고 지나치게 분명하다는 것이다. 인생의 깊이와 난제는 지아비를 잃고도 아이의 입에 숟가락을 물리는 일이나 친구의 장례를 치르고 부의금을 세는 일 속에 잠시 머물다가 사라진다. 그리고 아무것도 기억할 것 없는 날들이 계속된다. 정작 인생에게는 얼굴을 처박고 우물 안을 들여다보는 일이나 위태로운 가지를 밟으며 호두나무를 타보는 일이 허락되지 않는다는 것이다.

아무도 눈치채지 못하겠지만

그날 몇 방울의 비가 아이의 입속으로 떨어진 것은 이 우주에서 일어난 예기치 못한 하나의 사건이었다.

다만 아무도 눈치채지 못하겠지만

빗방울이 몸의 협곡을 지나 마음의 바다에 다다르는 동안, 물풀 사이로 지느러미를 잃은 개구리가 울 것이고 수평선에 솟구친 고래의 분수 위로 무지개가 뜰 것이다.

다만 아무도 기억하지 못하겠지만

빗방울이 작은 키의 허공에서 구름의 행성으로 자라는 동안, 날마다 기쁨과 슬픔이 밤낮을 바꾸며 자전할 것이고 해마다 희망과 절망이 계절을 바꾸며 공전할 것이다.

다만 누구나 알고 있는 것이 있다.

언제나처럼 비는 내려서 어느 여울과 강을 지나 바다로 가게 될 것과 그중 몇 방울은 아이와 함께 지상의 높고 낮은 길들을 걷게 될 것과

우리가 기어이 물처럼 하나라는 것.

날마다 오는 저녁

"그래서 우리가 뭘 할 수 있는데?"
"아무것도 할 수 없다는 걸 계속 확인하는 것."

이런 저녁에 나는 창문을 닫고 책을 덮고 의자에 앉아 가만
히 숨을 죽인다.

바람이 느티나무 가로수를 쓸어가는 모습이 들판의 촛불처
럼 흔들리고

멀리서부터 걸어오는 생각처럼 가로등이 켜질 때

말없이 집으로 돌아오는 아이들의 등뒤에서

선술집 테루테루가 문 앞에 발을 내걸 때

텅 빈 허공의 눈동자가 서서히 자신의 졸음을 내려놓듯이 나는 꽃이 피는 속도로 세상이 조금씩 어두워지는 것을 지키고 있는 것이다.

물론 나에게는 사랑한다는 고백 외에는 아무 말도 할 게 없는 가족이 있으며

서로를 이해하고 있다는 믿음 외에는 아무것도 건넬 게 없는 친구가 있지만

정작 나의 문제는 누군가와 나누어야 할 무엇이 애초부터 내 속에는 없다고 생각되는 것이다.

왠지 나를 견딜 수 없는 순간이 있어 무작정 집을 뛰쳐나갔던 일요일 오후도 있었지만 이제는 옛일이 되었고

그 간절함이 무엇인지 도무지 모르는 채로 나는 쓸쓸한 집 한 채를 가진 어른이 되었고

이제 물속에서 물풍선을 터트리듯이 고요하게 나를 어둠에게 넘겨주는 것이다.

그러면 몸속에서 끓고 있던 운명이라는 것이 꺼진 가스불 위에서 조금씩 식어가는 것처럼 잠잠해지는 것이다.

아래위가 뒤섞이는 밤, 이쪽과 저쪽이 허물어지고, 너와 내가 희미해지는 밤이 오고

그때서야 나는 가만히 입술을 깨물며 침묵 속으로 사라지는 나를 기어이 지켜내는 것이다.

이렇게 분명한 능력

슬픔에 대해서만큼은 우리는 전능합니다.

우리에게 일어난 기적은

나는 그다지 운이 따르지 않는 사람이다. 복권을 사도 장난 삼아 추첨을 해도, 나는 가장 낮은 행운조차 거머쥐어본 적이 없다. 그러나 나에게도 몇 번의 기적이 찾아온 적이 있으니 이 를테면 이런 것들이다.

하루는 무심히 집을 나서다가 눈송이가 검은 구두 위에서 녹는 것을 보았다. 검은색과 흰색이 닿자마자 물빛이 되는 순 간, 검정과 하양이 섞여 투명을 만드는 순간, 나는 기적처럼 모든 '눈물'을 다 이해할 것 같았다. 또 공동주택 창문 앞에 서 있다가 철새들이 긴 그림자의 장대로 지상을 짚고 가는 것을 보았다. 그때부터 구름이, 바람이, 별들이, 모든 빛과 날리는 낙엽이, 휘청이는 장대 위에 서 있는 것이 보였다.

그리고 그런 기적은 아주 흔하다는 사실, 예컨대 우리가 먹은 밥알이 섹스가 된다는 것과 사과를 깨물었을 때, 그 시큼함이 데려다주는 판타지의 순간은 기적 자체이다.

　　그러나 우리는 알고 있다. 정작 우리가 행하는 가장 크고 위대한 기적은, 기어이 우리가 미치지 않고 이 세계를 살아가고 있다는 사실—거칠고 메마르고 버려진 세계 속에도 삶이 존재한다는 불가사의로서의 기적 말이다.

꼭 한 발짝만
더 가거나 덜 가고 싶은

어쩌면 영원히 닿을 수 없는 곳이 있어서 우리는 이 행성의
뗏목에 올라탄 채 우주를 떠다니고 있는지도 모릅니다. 그것
이 오백만 년 동안 인간이 인생을 나눠 가진 이유겠지요. 끝이
없는 그곳까지, 내게 할당된 만큼의 거리가 있다면 그보다 꼭
한 발짝만 더 가거나 덜 가고 싶습니다. 가끔 퍼질러앉아, 왜
냐고 묻는 일을 잊지 않겠습니다.

어떤 대답도 들려오지 않을 것입니다. 어느 곳에도 도달할
수 없는 인생처럼, 어딘가에 닿기엔 내 묻는 목소리의 길이
가 턱없이 짧다는 것을 알고 있습니다. 그러나 저 막막한 우
주 속으로 사라진 목소리가 조금씩 우주의 밀도를 높이고 있
다면, 우리가 영원이라고 부르는 것을 가득 채우고 있다면,
우리가 닿을 수 없는 그곳은 바로 우리의 질문 그 자체일지도

모릅니다.

　도대체 이 모든 것의 이유는 무엇입니까?

　캄캄한 메아리로 되돌아오는 저 질문이 있어서 우리는 비틀거리는 이 행성의 뗏목에서 내려서지 못하고 있는지도 모릅니다. 그것이 오백만 년 동안 별들이 밤하늘을 가득 채운 이유겠지요. 다만, 저 인생의 끝에서 알게 될 질문과 대답의 운명을 엇갈림으로 바꿔놓기 위해서, 나는 내게 주어진 인생의 꼭 한 걸음만 더 가거나 덜 가고 싶습니다. 끝이 없는 영원 속에 우리의 사랑을 띄워놓기 위해서 말입니다.

더 많은 슬픔을 갖는 것밖에는

　문득 구름 사이로 비치는 햇살을 보면, 공중이 거대한 창살처럼 느껴졌다. 참혹한 지상과 빛나는 천상 사이에 가로놓인 창살. 지상은 죽음에게도 비좁은가보았다. 카프카를 만나러 유대인 묘지에 갔지만, 지하마저 칸칸이 나눈 죽음만 있다고 했다. 그 묘지의 입장료는 한끼 식사보다 비쌌다. 돌아나와 먹는 파스타가 죽음을 감아놓은 하얀 길처럼 보였다.

　정말이지 영혼의 빛깔을 물질의 무게로 바꾸고 사는 우리에게 이곳은 운명의 감옥인지도 모른다. 그러므로 우리가 이 영혼의 형장으로부터 탈옥할 수 있는 방법은, 어쩌면 더 많은 슬픔을 갖는 것뿐인지도 모른다. 이 쓰라림에 저항하는 가장 뛰어난 영혼의 능력이 바로 슬픔이기 때문이다.

살아내는 하루

하루하루 밝아오는 일상의 무대 위에서 나는 내 치욕이 만족하는 배우가 된다.

자꾸 나를 살고 있는 나.
내가 살고 싶은 나를 밀어내는 나.

스포이드에서 한 방울씩 떨어지는 물처럼 어둠이 떨어진다.
머리를 까맣게 밤으로 적신다.

한참 웃고 나면 고여 있는 눈물처럼.

그 끝을 알면서도
시작할 수밖에 없는

"내 기억의 끝에서 너는 찢겨진 페이지로 남았으면 한다. 너를 잊기 위해서가 아니라, 우리가 알지 못하는 생에서 다시 만나게 될 때, 서로가 할퀸 숱한 상처들을 지운 채, 다시 사랑하기 위해서. 가능하다면, 큰 상처 하나를 이겨서 작은 상처 전부를 용서하기 위해서."

이 세상에 산 적 없는 이의 괴로운 자서전을 따라 내 생이 채워지는 기분이다. 얼마나 사랑했기에, 그는 이 세상을 살지도 않고 이처럼 아픈 자서전을 남겼을까, 끊임없이 되물으면서……

그리고 중간중간 타오르는 페이지를 접어놓는 것도 잊지 않았지. 어느 쓸쓸한 날을 대신해 문득 되돌아가 그 순간을 다시 살아줄 기억을 위하여, 모서리로 화살표를 만들어 저 안쪽을 가리키게 해놓았지.

그런데 여기, 찢겨진 페이지는 무엇일까?

그래, 안다구! 나는 내 자서전을 미리 다 읽어버렸지! 나는 이 사랑의 끝이 무엇인지 안다.

그렇지만, 삶을 뒷장부터 살아갈 수는 없잖아!

책장을 넘기던 바람이 멈추자 가장 깊은 밤에 접어놓은 페이지가 펼쳐졌다.

그것은 한 소년에 관한 이야기이다

"피 흘리는 사랑은, 현실로부터 버림받은 육체의 늪에서 자
신을 구원해주는 유일한 희망이다."

그것은 한 소년에 관한 이야기이다. 소년은 알 수 없는 이유
로 부모로부터 버림받고는 무작정 밤길을 걸었다고 한다. 이
마을의 개 짖는 소리가 멀어지면 저 마을의 개 짖는 소리가 들
리고, 다시 저 마을의 불빛이 멀어지고 그 마을의 불빛이 보일
즈음, 소년은 그만 깊은 늪을 디디고 말았다고 한다. 도와달라
고, 소리쳤지만, 마을은 너무 멀었고 벌새도 도마뱀도 너구리
도 소년의 말을 알아듣지 못해, 소년은 어둠이 열어놓은 여백
속으로 빠져들 수밖에 없었다고 한다. 소년의 간절한 눈에서
멀리 마을 불빛이 수박 덩이처럼 빛날 때 우연히 날카롭고 사
나운 가시를 가진 넝쿨 하나가 소년의 손에 닿았고, 소년은 꼭

쥐는 만큼 아픈 넝쿨을 부여잡고 그 늪을 빠져나올 수 있었다고 한다. 마침내 피투성이 지친 소년이 그 마을에 닿았을 때, 한 노파가 소년의 몸을 닦아주며 말하길, 자신을 버린 부모는 '현실'이고, 깊은 늪은 자신의 '육체'이며, 가시 넝쿨은 '사랑'이라고 말해주었다고 한다. 그것은 한 소녀에 관한 이야기이다.

세상의 전부를 다 그려놓고

"어쩌면 그리움이 과거의 그네이거나 꿈이 전생의 정글짐일 것이라는 엉터리 같은 믿음이, 이 거짓말보다 더 거짓말 같은 현실을 설명할 수 있는 유일한 방법인지도 모른다."

진짜 신의 모습을 생각해보면 나는 놀이터 모래밭에 혼자 쪼그려앉은 아이의 모습이 떠오르기도 한다.

우주는 그가 막대기로 그려놓은 바닥의 동그라미일 수도 있고, 인간은 그의 바짓단이 무심코 데리고 간 모래 한 알일 수도 있다.

얼마나 외로웠으면 그는 모래 바닥에 앉아 이토록 알 수 없는 놀이를 하였을까? 우리가 사랑이라고 부르는 놀이, 인생을 다 바쳐 그 규칙을 찾으려 해도 도무지 알 수 없는 놀이……

그러니 삶은 아이가 모래밭에 던져놓고 잊어버린 막대기일지도 모른다. 막대기로 자라는 나무일지도 모른다.

알고 보면, 나무는 정말 신이 허공을 향해 던진 돌멩이가 아닌가. 저렇게 쨍쨍하게 허공에 금을 내고 있으니……

허공의 깨진 자국 하나, 막대기를 가지고 아이는 세상을 다 그려놓고 사라졌다. 엄마 아빠의 얼굴로 말이다.

그리움은
신을 가두는 감옥이다

"문득 눈앞에 없는 사람이 보고 싶을 때 혹은 더는 볼 수 없는 사람이 생각날 때, 나도 모르게 눈길이 가닿는 곳. 멍하니 짚이지 않는 허공에 마음의 전부를 세워놓을 때, 그리움은 거기에 있다. 오백만 년 전부터 얼마나 많은 사람들이 아득히 고개를 들어 바라보았을까? 나는 우주가 그리움으로 가득차 있다고 믿는다."

그리움은 전능하다. 산 자에게 고여서 죽은 자를 머물게 하므로. 죽은 자로부터 뛰쳐나와 산 자를 움직이게 하므로. 그리움은 언제나 죽음을 거역하고 죽음을 넘어서며, 무엇보다도 몸으로부터 자유로우므로……

이렇게 말할 수 있다.

신의 살인은 자연사이고 권력의 살인은 재난사이다. 개인
보다는 권력이 더 많은 사람을 죽인다. 그리고 신은 모든 사람
을 죽인다.

법이 권력의 흉기인 것처럼 시간은 신의 흉기이다.

그러므로,
그러므로,
그리움이 아니면 어떻게 신을 구속할 수 있을 것인가? 그리
워하는 자가 아니라면 도대체 누가 신을 징벌할 수 있겠는가?

그리움은 인간이 신 앞에 펼쳐놓은 법전이다.

그에게 우리는 무엇일까

"인간은 신이 찍어놓은 발자국일지도 모른다. 그래서 인간을 따라가보면 신들이 향한 곳을 알 수 있다."

그래 신의 발자국으로 찍혀 있는 것이 삶이라면, 사랑은 신이 떨어뜨리고 간 지갑일지도 모른다. 신의 지갑을 주워들고 온 날이 있었다. 칠월 태풍에 부러진 가지처럼 생각이 많아지던 밤이 있었다. 그 속에 든 몇 장의 지폐를 꺼내 우리는 무지개색 소용돌이를 가진 커다란 막대사탕을 사먹었던가? 서로에게 줄 선물을 고르려고 안주머니에 넣고 걸었던가? 우리의 죄는 끝내 그것을 우체통에 넣지 않았다는 것이다.

그러나 지갑을 잃고서도 신들은 갔던 길을 되돌아오지 않았다. 그래서 그 형벌은 끝없이 유예되고 우리의 사랑은 언제까

지나 불안한 것인지도 모른다.

결국 사랑은 신의 주머니에 넣은 손인지도 모른다.

내 몸속 어떤 성분이
당신을 기다릴까

"난로 위에서 끓고 있는 주전자를 무심하게 바닥에 내려놓듯이 그렇게 내 사랑도 끝날 것이다."

나를 '삼촌'이라고 부르며 조카가 문자를 보내왔을 때 생각했다. 내 몸속에는 삼촌이라는 성분이 들어 있는 것일까? 상점에 들렀을 때 교실에 들었을 때, 내 몸속에 '손님'이라는 성분과 '선생'이라는 성분이, 그리고 정말 내 몸속에는 '애인'이라는 성분이 들어 있는지 궁금했다. 너는 펄펄 끓고 있는 찌개를 한 숟갈 떠서는 "어, 미림이 너무 많이 들어간 것 같아"라고 말한다. 내 몸속에도 어떤 성분은 적당하고 어떤 성분은 부족하며, 또 어떤 성분은 과하여서 기어이 너를 아프게 했을 것이다.

이렇게 밤을 새는 기다림은 무슨 성분이 끓고 있는 것일까?

언젠가는 나도 이 끓는 몸을 무심하게 불 아래에 내려놓을 것이다. 그러나 바람 자고 비 그친 오후, 누군가 내 이름을 부르면 다시 생각할 것이다. 내 몸은 어디에 내 이름의 성분을 간직하고 있는 것일까? 그것을 담는 이 그을리고 찌그러진 냄비를 새것으로 바꿔주기 위해 사람들은 아이를 낳는 것일까? 사랑은, 그릇을 만드는 공장에서 돌고 있는 컨베이어 같은 것일까?

네가 잠든 침실을 쓸쓸히 벗어나 공원에 앉아 있을 때, 막 걸음을 배운 듯한 아기가 "아빠" 하고 달려온 날이 있었다. 그 붉은 잇몸과 입술을 바라보며 나는 오랜 결심을 떠올렸다. 나는 아버지가 되지 않을 것이다.

고통은 세상에 대답하는 방식이다

"깨지는 것들은 누가 만들었을까? 우주가 생겨나고 처음으로 깨진 것은 무엇일까? 사람의 손에서……"

빗물은 바위를 벗겨 그 속을 씻겨줄 수 없다. 그래서 자신이 만졌던 바위의 형체를 기억하며 강으로 간다. 바다에게 바위에 대해 물으려고. 그 세월에 대해 물어보려고. 마침내, 바위와 세월에 대한 물음을 잊으려고……

우리는 깨지지 않고서는 진실을 볼 수 없다. 상처가 내 몸에 갇혀 있던 고통을 해방시키듯, 고통은 우리 속에 갇혀 있는 진실을 풀어놓는다. 그리하여 고통은 잘린 수평선처럼 날카롭게 살아 있음을 긋고 간다.

우리는 모두 어딘가 조금씩 깨져 있다.

우는 얼굴은, 막 수평선에 잘려나가는 해를 닮았다.

사는 것의 불빛 속에
잠시 고일 때

"우리는 슬픔을 나눠 가지기 위해 태어난 것은 아닐까? 우주가 생겨날 때 함께 생겨난 저 많은 슬픔들을 지우기 위해, 사람들은 울며 태어나 슬픔을 삼키며 죽는 것은 아닐까? 살면서도 슬픔을 나누느라 누군가를 아프게 하는 것은 아닐까?"

삶은 그런 것인지도 모른다. 잠시 개수대에 고였다가 크르르륵 저 바닥으로 빨려들어가는 물이거나, 잠시 구정물에 뜬 얼굴로 출렁이다 사라지는 것. 사는 것의 불빛 속에 잘못 고였다가 사라지는 것.

설거지를 하다 말고 물에 비친 내 얼굴을 비쳐본다.

그때, 내 얼굴은 흔들리는 바람의 페이지에 해와 달의 지문으로 찍혀 있다.

인생이라는 것이 한 장의 문서처럼 펼쳐져 있다면, 거기 빨
갛게 찍힌 지문이 얼굴일지도 모른다.

나는 이번 생과의 계약이 오래 아프리란 것을 안다.

느닷없이 떠오른 생각 말고

"숲에서 나무들은 학생 같다. 같은 시간에 같은 책을 읽는 것처럼, 같은 시간에 잎을 피우고 같은 시간에 잎을 떨군다. 그러나 모두 다른 방향으로 피어나고 떨어진다. 다른 사람의 눈빛 속에 다른 빛깔로 살아 있다."

이번 생은 같은 말을 아무리 되풀이해도 알아먹지 못하는 학생 같다.

같은 말로는 알 수 없는 것이 이번 생 같다.

단 한 조각을 주워도 우주는 우주이고, 단 한순간을 살아도 인생은 인생이다.

그래서 아무리 일기를 써도 오늘은 남는다.

날마다 일기는 모자란다.

그러니까 선생님!

우리가 이 지긋지긋한 삶을 제외하고 어떻게 우주를 설명할 수 있겠습니까?

우주의 가장 깊은 곳에 사랑이 있다는 것을 빼고 어떻게 블랙홀을 이야기할 수 있겠습니까?

도대체 당신과 나의 만남보다 더 큰 충돌이 우주 어디에서 벌어진단 말입니까?

느닷없이 떠오르는 생각 말고 어떻게 빅뱅을 말할 수 있습니까?

진실은 절망의 둥근 반지 속에 있다

사인死因, 죽은 원인이 있다면 태어난 원인도 있겠지.
생인生因.

거꾸로 말해보자.

모자를 위해 머리가 만들어진 것처럼, 장갑을 위해 손가락
이 있는 것처럼, 불타기 위해 나무가 자라는 것처럼, 쓰러지기
위해 서 있는 것처럼……

이번 생의 이유를 알기 위해 전생을 캐는 것이 아니라 이생
의 바닥을 내리찍어야 하는 것처럼……

자기 자신이 누구인지 묻기 위하여 인간은 자신의 곡괭이로

절망을 사용한다.

　광부여, 거꾸로 선 점성가여, 수십 미터 흙을 헤집고 들어간
지하갱도에서 곡괭이에 걸리는 별빛으로 반지를 만드는 사람
처럼, 이 거리의 황홀 한편에서 절망을 발명하는 사람들이여.

　그러나, 파도 파도 파도…… 진실은 늘 부족하다는 것.

　절망은 끝내 목숨의 둥근 구멍만을 우리에게 보여준다. 아
무리 기다려도 나타나지 않는 정인의 반지처럼,

　뻥 뚫린 생의 의미처럼……

　그리고 저 마지막에 가서야 목구멍 속으로, 진실은 긴 손가
락을 집어넣는다.

진실은 늘 가혹했으며

"세상은 진실의 편이 아니다. 진실은 보상받지 못한다. 그러
나 우리가 진실을 호출하고 대면하는 순간에, 우리를 스쳐가
는 어떤 광휘를 통해 진실에 대한 보상이 이루어진다고 할 수
있을 것이다. 물론 그 보상은 구원이다. 구원은 삶의 순간 속
에 있다."

아주 오래전 인간은 몸은 있으되 그 속에 마음이 없었다고
한다. 그래서 거울을 비춰도 자신의 표정을 볼 수 없었다고 한
다. 그것을 안타깝게 여기던 신이 '말'의 두 천사인 '진실'과 '거
짓'을 시켜 거울의 문 너머 마음의 창고에 가 진실에게는 '행
복'을, 거짓에게는 '불행'을 데려와 인간의 몸속에서 함께 살라
고 명령했다고 한다. 나란히 거울의 문을 지나던 진실과 거짓
은 그만 좌우를 잃어버렸고, 마침내 몸마저 서로 바뀌게 되었

다고 한다. 결국 그들은 거짓이 행복의 문을 따고 진실이 불행의 문을 열어 마을로 내려가 인간의 몸속으로 들어갔다고 한다. 그로 인해 인간에게는 말과 마음이 생겼지만, 그후로도 진실과 행복이 함께할 수는 없었다고 한다.

우리는 절망하는 법을 잊었으므로

어떤 삶은 자신을 깨뜨려 그 속에 갇혀 있던 절망을 방생한다.

그러나, 우리가 다시 절망을 깨뜨릴 수는 없다. 절망은 더는 깨뜨릴 수 없는 바닥이니까. 다만 끝나지 않을 것 같은 추위 속에서 자라나는 고독과 고통만이 절망을 부풀려 희망의 빈방을 만든다.

우리가 그것을 외면하지 않고 절망 속으로 들어갈 때, 인생은 싸늘한 이불 한 채를 바닥에 깔아주기도 한다.

실컷 원망하고 실컷 후회하고 실컷 자고 난 뒤에 일어나자. 그리고 그것이 무엇이든 가장 먹고 싶은 것을 먹고 가장 보고 싶은 것을 보고 가장 하고 싶은 일을 하자.

어느 것도 뒤늦은 것은 없다. 어쨌든 살아갈 날들 중에 지금 이 가장 젊은 순간이니까.

아무래도 진짜 내 삶은

"아무래도 진짜 내 삶은 다른 사람이 살고 있는 것 같다. 내가 생각 속에서 그의 삶을 붙들고 있는 것처럼, 기어이 살아내는 것처럼……"

왜 태양은 포도를 익게 하는가? 그러고도 멈추지 않고, 왜 마침내 포도를 썩게 하는가?

비틀거리는 걸음으로 어둠을 가위질하며 지나가는 사람이 있고, 달빛이 영혼을 태우는 길가에는 숯덩이 나무들이 하늘을 손가락질하며 죽어 있다.

2

부

어느 외로운 골목에서 만났네

어느 외로운 골목에서 만났네.
사랑해서,
생의 한순간이 다른 모든 순간을 살해하고
몸의 감옥에 갇히는 것을.

어느 외로운 골목에서 울었네.
사랑해서,
몸의 감옥이 순간을 끌고 영원의 공동묘지에
하얀 꽃을 바치는 것을.

어느 외로운 골목은 어디에나 있고

어느 외로운 골목에서는 언제든 만날 수 있고

언제든 울 수도 있지.

당신의 모든 전생과

나의 모든 내생이

초라한 이생 속으로

침몰하였으므로.

어둠이 어둠에 빠져
밤으로 깊어지고

어둠을 날카롭게 찢으며 밤의 도로에서 차들이 달린다.
그리고 물결의 배를 가르며 지나가는 배.

모두들 어둠에는 흉터가 없는 줄 안다. 누구나 한 번쯤 어둠
속에서 칼을 들었던 적이 있는 것처럼, 무언가 긋고 지나간 수
많은 상처로 바다가 깊어졌다는 걸 모른다.

그래서 저 갈라진 자신의 상처 속으로
어둠이 어둠에 빠져 밤으로 깊어지고⋯⋯
강물이 강물에 빠져 바다로 깊어지고⋯⋯

나는 알고 있다. 나를 긋고 간 모든 사랑은 상처였고, 나는
내 몸속에 빠져 구명되지 못했다.

내가 그 사랑으로부터 떠오르는 때는 저 바닥에서 충분히 깊어진 다음이다. 흠뻑 젖은 다음이다.

우주가 끝나기 전까지는

"만약 이 세계 속에서 진정 사랑한다는 것이 가능하다면 그것은 고통스러울 수밖에 없다. 사랑은 도무지 이 세계의 관성에 휩쓸리거나 그 부분으로 수렴되지 않기 때문이다. 저항하지 않는 삶이 예속된 삶인 것처럼, 쓰라리지 않는 사랑은 존재하지 않는다. 이 세계 속에 사랑이 있는 것이 아니다. 사랑은 그 자체로 유일한 세계이다."

우리 몸을 이루는 모든 것들은 저 우주가 생겨날 때부터 있어왔다. 빅뱅의 순간에 생겨난 몇 개의 원소들이 결합과 해체를 거듭하면서 지금 우리가 있기 때문이다. 우리가 우주와 하나로 연결되어 있다는 말은 그렇게 진실이 된다. 그러나 우리가 우주의 부분이기만 하다면, 우리의 삶이 이처럼 고통스럽지는 않았을 것이다. 쓰라림은 마찰과 파열을 통해 내 존재가 세계의 관성에 저항하고 있다는 것을 증명한다. 그래서 고통은 우리를 세계의 부속에서 우리 자신으로 돌려놓는 과정이다. 우리를 스스로이게 하려고 세계가 내 몸속으로 침몰하는 순간인 것이다. 그러므로, 우주가 시작될 때부터 우리가 존재하였듯이 우리가 느끼는 슬픔과 쓸쓸함과 고독 역시 우주가 끝나기 전까지 사라지지 않을 것이다.

잠들지 못하는 시간을
선물하고 싶습니다

어둠이 내리기 전에 흰쌀을 앉힙니다. 밥을 먹었지만 흰빛
은 먹지 않았습니다.

흰빛을 잘 헹궈 조심스레 형광등 속에 넣었습니다.

저녁이면 그 집에 어둠이 들어왔다가 아침이면 어디론가 사
라졌습니다. 어둠은 비정규직 가장 같았습니다. 아무때나 귀
가하거나 온종일 누웠거나 늦도록 돌아오지 않았습니다. 아
무것도 가진 게 없었습니다.

나는 이 집안의 유일한 상속자입니다. 나는 잠들지 못하는
시간을 많이 가지고 있습니다. 설익은 밥알처럼 씹히는 허기
를 많이 가지고 있습니다. 불을 켜면 쌀뜨물처럼 온 집이 찰랑

거립니다.

당신에게 잠들지 못하는 시간을 선물하고 싶습니다.

사랑한다는 문장을 쓰는 저녁

나무로부터 가장 멀어진 가지 하나가 어둠의 가장 깊숙한 곳을 찌르는 저녁입니다. 그리하여 나로부터 가장 멀어진 생각 하나가 세상의 가장 깊숙한 곳을 찌르는 순간입니다. 이렇게 쓰고 보니 오늘은 가을로부터 가장 멀어진 오늘입니다. 순간순간이 그 끝이고 난간 같습니다. 그 난간에 파르르 떨며 세계가 찔려 있습니다. 머지않아 기억이 붕대를 들고 저마다의 세계에 문안을 가겠지요. 기꺼이, 환부를 보이며 웃어줄 순간순간의 저녁이 지나갑니다. 나는 이제 한 장의 잎이 물드는 속도로 하나의 문장을 써내려갈 작정입니다.

사랑은 전생의 기억을 대신하여 푸르다

   나무는 한 생을 그 자리에 발자국 하나를 만들며 서 있지만, 그 생이 끝나면 다시 자신의 몸을 녹여 그 발자국을 지운다. 그것이 나무의 생이다. 자신의 흔적을 지우기 위해 영원히 그 자리에 서 있는 것. 다만 꽃과 잎을 태워 촛불 하나를 밝혀놓는 것. 그게 나무의 사랑이다. 끝내 기억하지 못할 전생을 다시 살기 위해 당신과 내가 이렇게 사랑하는 것처럼.

일요일의 노동은 사랑이다

"그가 나를 사랑한다고 했어요. 그 말을 믿어도 되겠죠?"
"그의 말을 믿지 말고 네 느낌을 믿어."

느낌은 속이지 않으니까.
느낌은 속지도 않으니까.
느낌에겐 거짓이 없고 배신이 없으니까.
아픈 후회가 없으니까.
그저 그 순간의 진실만으로 오롯이 거기 있다가
죽어버리니까.

순간은 스쳐가버리지만,
순간에 베인 무언가는 영원히 쓰러지지.
그래서 순간의 나가 지금의 나이고

지금의 나는 나의 전부니까.

그러니 "사랑해."

그대여.

이 말 이외의 어떤 말도,

아니 이 말조차 받지 말고,

부디 이 말이 옮기는 나의 전부를

받아주기를……

사랑하는 아침

"우리는 도무지 이 사랑을 포기할 수가 없다. 매 순간 우리
의 미래가 사라지고 있기 때문에……"

누군가 내 가슴을 열고 갈비뼈 속에 새를 키우고 있다.

그 새가 허파를 쪼는 바람에 별이 뜨고, 우는 소리 때문에
바람이 분다. 걸을 때마다 삐걱거리는 갈빗대를 옮겨 앉는 새
를 내 몸이 다 허물어지기 전까지는 놓아줄 도리가 없어서, 날
마다 밤이 온다.

새들은 어둠 속에서 날개를 잊는다.

어떤 기다림은 실패를 끝없이 유예시키는 일이라고 밤은 검

은 눈동자 대신 먼 가로등을 깜빡이고, 나는 어둠 속으로 몸을 숨긴다. 아침이 나를 찾아낼 수 없도록…… 나에게 오는 고통이 길을 잃도록…… 심장이 파닥이지 않도록.

장롱 사이에 끼여 찢겨진 밤이 미처 걷어가지 못한 그 긴 망토의 한 자락을 감고 오래 숨죽였다. 어둠을 마음의 수의처럼 덮고 눈을 감았다.

깜빡 잠이 들면 아무도 깨우지 않은 시간 속에 어린 내가 있어서 걸린 옷가지들을 유령처럼 무섭게 바라보는 새벽이 오고, 강은 자신에게 도착한 첫번째 질문으로 안개를 피워올린다.

허공을 강의 영혼으로 만든다.

사랑의 모든 문제들이 더 큰 사랑 속에 사라지는 것처럼, 빛과 어둠이 서로를 살해하며 사랑하는 것처럼, 기어이 아침이와 내가 너에게 달려간다면 부디 그 흰 손으로 강물을 떠 내 몸을 적셔주었으면 좋겠다.

네 앞에서 내 모든 핏줄이 뿌리내릴 수 있도록…… 돌팔매
질하듯 새들을 멀리 던지는 나무가 될 수 있도록…… 가을 속
으로 잎을 날릴 수 있도록…… 시간이라는 불한당들의 마지
막 피난처가 될 수 있도록…… 기다림의 자세를 존재의 형식
으로 바꾸어놓는

　나무는 죽음의 의지이다. 더 크게 죽기 위해 자란다.

　새들은 죽은 나무에 둥지를 틀지 않지만 나무가 쓰러지면
언제나 새들이 날아오른다.

우리가 진정으로 사랑할 때

"셋을 세기도 전에 늙어버리는 풍경들 속에 우리는 있습니다."

이제 늙어버린 사람의 젊음을 사랑하는 사람이 있고, 아직
젊은 사람이 늙어가는 것을 사랑하는 사람이 있다. 전자의 대
상은 언제나 '나'이고 후자의 대상은 언제나 '너'이다. 사랑하는
모든 사람들은 '내 젊음'과 '네 늙음'을 사랑한다.

만일
그럴 수 있다면

"사랑이 인생 그 자체인 이유는, 그것이 인생의 수단이거나 목표가 될 수 없기 때문만은 아니다."

만일 그럴 수 없다면,

나는 오래전 불 꺼진 방 한쪽 모서리에서 숨죽인 어둠의 강을 지나 당신의 작은 귓속으로 흘러들었던 내 고백의 말로 태어나고 싶습니다.

만일 그럴 수 없다면,

나는 오래전 불 꺼진 방안 가득 뛰고 있던 어둠의 심장으로 태어나고 싶습니다.

만일 그럴 수 없다면,

나는 오래전 불 꺼진 방으로 태어나고 싶습니다.

한 권의 시집이거나 한 편의 시거나 한순간의 기쁨과 한순간의 슬픔……

만일 그럴 수 없다면,
나는 영원한 부재로 태어나고 싶습니다.

고요한 밤하늘 속으로 끝없이 멀어지고 흩어지고 사라지는 것.

영원히 없어서 영원히 전부인 것.
나에게 없어서 너에게 전부인 것.

네가 없어서 나의 전부인, 영원으로 태어나고 싶습니다.

무엇이 나를 감고 있을까

"그리고 여기 두 개의 정의가 있다. 더 사랑하는 사람이 혹은 더 열정적인 사람이 더 상처받을 수밖에 없다는 '진실'과 더 사랑할 수 있는 것도 더 열정적일 수 있는 것도 어쩌면 하나의 재능이고 축복일 수 있다는 '사실'."

'사랑'과 '미움'의 실타래에서 한 올씩 뽑아올린 실을 양손에 쥐고 달려가면 어느 쪽 실타래가 먼저 끝날까?

너로부터 완전히 멀어진 곳에서 실컷 뒹굴고 나면 어느 쪽 실이 더 많이 몸에 감겨 있을까?

어느 곳에선 서로 엉켜서 도무지 풀 수도 없을 테지.

어느 순간 나는 인생이 아주 많은 실타래들로 이루어졌다는 것을 알아버렸다. 친친 실타래를 몸에 감고 꼼짝없이 죽는다는 것을 알아버렸다.

헛된 고백을 끊으러 오는 시간의 가윗날에겐 그 긴 이야기가 한낱 보풀이라는 것을 알았고,

어떤 실타래는 너무 짧아 남은 생이 실 끊어진 연처럼 공허하게 허공을 맴돌기도 한다는 것을 알았고,

어떤 실타래는 종종거리는 사이 목에 감겨 기어이 그 삶을 먼저 가져가버린다는 것을 알았다.

사랑은 나를 사랑했을까?

"사랑이 아름다운 것은, 그것이 인생을 제물로 바치는 성스러운 의식을 닮았기 때문이다."

젊음은 언제나 톱날이 지나가는 숲의 정오였다.

가장 뜨거운 한낮에도 우리는 푸른 잎을 떨구며 쓰러졌다. 그때 나는 생각했다. 왜 사랑이 나에게 왔을까? 사랑은 나를 사랑했을까? 사랑은 나의 젊음만이 필요했던 것은 아닐까? 그 푸르름을 보여주기 위하여 사랑은 늘 아파야 했던 것은 아닐까?

여전히 나는 아무 대답도 얻지 못했지만 이렇게 기억을 다시 쓰고 있는 것이다. 그때, 한 그루 나무 옆으로 새길이 난 것일 뿐이라고. 하얗게 양떼들이 지나갈 수 있도록. 집으로 돌아갈 수 있도록. 밤을 보낼 수 있도록. 누울 수 있도록.

꿈의 분무기에서는 하얗게 안개가 흘러나온다.

종이비행기의 비행운처럼

"이제 비행기가 지나간 적 없는 허공을 오래 바라보는 일을 그만두려고 한다. 다만 그 자리를 지키며 비행기가 지나가기를 기다리려고 한다."

새가 날아간 뒤 허공은 바뀌어 있다. 바람이 지나간 뒤, 꽃잎이 떨어진 뒤, 펄럭이는 몇 벌의 옷을 말린 뒤 허공은 바뀌어 있다.

종이비행기의 비행운처럼 당신의 목소리가 다녀간 곳, 시선이 머물던 곳, 미소가 흩어진 곳, 당신의 뺨이 닿은 곳이 그렇다.

모두가 바뀌어 있다.

이런 문자를 받았다. "페인트가 벗겨지듯이 시간이 지나서 어떤 관계의 테두리가 낡고 상하더라도 그 손실 속에서 웅크리고 압박받지 않기를, 되려 테두리 바깥으로 흐리지만 넓게 터져나가서 더 멋진 무늬를 그릴 수 있기를……"

오늘은 당신이 앉은 자리에서 창밖을 오래 내다보다 졸음을 참지 않았으면 좋겠다.

그리움에도 스위치가 있으면 좋겠다고
생각하는 밤

"그의 이름이 그의 것이었던 시간이 지나고, 그가 그의 이름
의 것이 되는 시간이 온다.

그의 눈빛이, 그의 목소리가, 그의 모든 움직임이, 그를 온
전히 가져가면, 세상의 모든 전구들이 한꺼번에 켜지는 순간
이 온다."

너는 모르지.
언제나 그 순간을 더 정확하게 설명하는 것은 말이 아니었다.

느닷없는 눈물,
뺨을 터트릴 듯 불어오던 바람,
시야가 흔들려서 도저히 읽을 수 없었던 버스의 번호판들,

그리고,

너를 생각하는 유리창의 차가움과 창밖으로 흐르던 모든 풍
경들……

불을 끄고 누운 방안에서 아무리 떠올리려고 애를 써도 떠
오르지 않았던……

너는 모르지.

언제나 네 말보다 네 목소리가 더 많은 이야기를 한다.

눈 내리는 날의 사랑

"추운 날, 사람들이 불가에 모이는 것처럼, 제 운명인 외로움 때문에 사랑은 사람을 찾아간다."

세상 모든 집들의 초인종이 한꺼번에 울리는 것처럼, 세상의 모든 문이 열리기를 기다리는 것처럼, 눈이 내립니다. 세상의 모든 창문들이 잔뜩 제 입을 벌리고 긴 빛의 혀를 내밀어 그 눈을 받아내고 있습니다. 아니, 저 눈이 말 그대로 '눈eye'은 아닐까 생각해봅니다. 말하자면, 허공에서 잠시 갈피를 잃었던 시선들이 지상에 그 쓸쓸한 이유를 드러내는 순간⋯⋯ 그리고 이런 생각, '저 눈이 하얀 눈자위라면 검은 눈동자는 곧 찾아올 어둠일지도 모른다.' 알고 있습니까? 눈 오는 밤이 더 어두운 것은 그곳이 당신의 눈동자 속이기 때문입니다. 눈 오는 날이 따뜻하게 느껴지는 것은, 온 세상이 눈앞에 없는 사람을 바라보는 그 순간이기 때문입니다.

사랑은 있다

"사랑은 스스로 고통이면서 고통 아닌 것을 비추는 비밀스러운 빛을 가지고 있다."

하루에도 수백 번 생선 피를 받아내는 도마에도 사랑은 있다. 거기 꽂힌 칼에도 사랑은 있다.

파리떼를 쫓는 주인의 손바닥에도 사랑은 있다.

'다른 데 가자'라는 낮은 목소리에도 사랑은 있다. 출입문에 달린 방울 소리에도 사랑은 있다.

네 머리 위로 머플러처럼 흘러내리는 간판 불빛에도 사랑은 있다.

어둑해지는 거리를 앞서 걷던 걸음걸이에도 사랑은 있다. 갑자기 휙 돌아서 멈춰서는 얼굴에도 사랑은 있다.

그리고 '이제 그만하자' 말하고 다시 돌아설 때, 바닥으로 떨어져 산산조각 나던 네 목소리에도 사랑은 있다.

길 건너 카센터에서 들어올려지는 자동차 바퀴에도 사랑은 있다. 찜통에 담겨 골뱅이를 휘젓고 있는 국자에도 사랑은 있다.

개 목에 팽팽하게 묶인 목줄에도 사랑은 있다. 눈이 와서 죽어라 찢어대는 저 목에, 사랑은 있다.

부서지면서만
가능한 음악

"이제 막 인생이 끝나버려도 괜찮다고 느낄 만큼의 슬픔이
있다."

우리의 인생은 도끼를 들고 피아노를 연주하는 것과 흡사하
다. 그러나 우리가 음악을 부수고 있다고 말해서는 안 된다.
부서지는 소리로만 가능한 단 한 번의 음악을 마지막으로 연
주하고 있다고 말해야 한다. 악기여, 한계를 모르는 아름다운
육체여, 너를 통해서 우리는 사랑의 목소리를 확인하지만, 모
든 음들이 제 청량함으로 가리키는 것은 영원한 침묵이다. 우
리는 침묵을 증언하기 위해 말하고 있는 것이다. 사랑한다는
짧은 고백과 영원한 이별처럼. 바로 이 순간에 우리는 영원히
돌이킬 수 없는 것들을 부수고 있는 것이다. 한 청춘을, 한 인
생을, 한 세대를, 한 문명을 그리고 쓰러진 진흙 바닥에 버무

렸던 한 사랑을. 부서지는 소리로 유일무이한 음악을 연주하면서. 두 번은 없을 가장 슬픈 침묵을 완성하면서.

사랑하는 자의 몸은
꽃병처럼 아름답습니다

　자기로부터 멀어져야만 도착할 수 있는 장소가 있다면, 자기를 완전히 저버린 후에야 도착할 수 있는 장소가 있다면, 그곳은 죽음이겠지요. 아니면, 사랑이든가. 내 옆에 오기 위해 당신이 잘려졌다는 것을 알았습니다. 동강난 몸을 꽃병으로 가리고 있었다는 것을 알았습니다. 나 역시 어딘가 잘려진 채 당신 옆으로 가고 있습니다. 최대한 나로부터 멀어지는 형식으로 말입니다. 행복을 여기까지 가져오기 위해 우리는 자신과 사랑을 맞바꾸지 않으면 안 되었습니다. 향기를 여기까지 가져오기 위해 우리는 상처와 믿음을 맞바꾸지 않으면 안 되었습니다. 가장 행복한 사람 가까이에 서 있는 무덤, 죽음을 향기로 기억할 수 있는 무덤…… 꽃병은 가장 아름다운 무덤이겠지요.

어쩌면 우리는 이미 죽고 난 뒤에 만났습니다. 그러므로 우리의 사랑은, 다시 죽지 않을 것입니다. 그러므로, 꽃병은 가장 아름다운 맹세입니다.

만나는 일과
헤어지는 일

"어느 날은 관계를 만드는 일이 감옥을 짓는 일처럼 느껴졌다. 그리고 어느 날은 벗어나는 일이 죽는 일 같았다."

내가 도무지 사랑을 알 수 없다는 것이 꼭 초라하거나 절망적인 것만은 아니다. 나는 사랑에 대한 해석을 갖고 있지는 않지만 사랑에 대한 체험을 갖고 있기 때문이다. 체험하였지만 알 수 없다는 것은, 그 체험이 우리의 지식과 언어로는 감당할 수 없을 만큼 컸다는 증거이기도 하니까. 알 수 없는 것은 영원히 알 수 없겠지만, 그 알 수 없음이 스쳐간 몸은 자신이 알 수 없는 사이에 알 수 없는 곳을 자유롭게 오가고 있으니까, 오갈 수 있으니까.

그래서 사랑은 늘 자신이 자기 바깥에 놓여 있다는 사실을

우리에게 되돌려준다. 사랑하는 순간, 우리는 우리의 진실을
우리로부터 돌려받는다.

성숙한 사랑에 대하여

아직도 나를 사랑하느냐는 문자를 받았다.

그날 내가 썼던 것이 고백이었는지 검은 글씨의 어둠이었는지 기억나지 않는다.

그런데 그때, 느닷없이 나는 사랑이 더없이 숭고하다는 것을 깨달았다. 우리를 캄캄한 바닥에 내려서게 만드는 것. 바닥에서 새카매지도록 뒹굴게 만드는 것. 바닥이 되게 만드는 것.

그래서, 영원히 뭔가를 올려다볼 수밖에 없는 것……

인간은 인간을 통해 성숙해진다. 사랑이 나에게 가르쳐준 건 내가 미숙했다는 것이다. 사랑이 성숙을 가져다준다는 것은, 사랑 앞에서 모든 인간은 미숙하다는 말이기도 하니까.

결국, 우리는 성숙한 사랑을 할 수 없다.

사랑은 이데올로기다

사랑하는 사람은 위험하다.

눈빛과 입술과 살과 마음의 운명적인 연대를 통해 현실의 나라를 무너뜨리고 환상의 나라를 건설하니까.

각자는 서로를 만나기 위해 태어났으며, 세계를 그 만남을 위한 무대라고 간주하니까.

무엇보다도 '체념이 남기는 기쁨'을 위해 기꺼이 '희망이 주는 슬픔'을 암살하니까.

그들은 곧 연행될 것이다. 저 실패와 절망과 고통을 허리에 차고 오는 이별로부터…… 그리고 생활이라는 사슬을 끌며 그리움 속에 수감될 것이다.

사랑은 모든 현실의 예외에 속하지만 사랑할 때, 그 예외는
모든 현실의 규범이 된다.

사랑은 이데올로기이다.

큐피트는 자신을 겨냥하지 않는다

자신의 사랑이 잘못됐다고 불평하거나 사랑이 자신을 떠나간 것을 못 견디는 사람은, 자신이 사랑보다 위에 있다고 생각하는 사람이다. 스스로가 사랑을 결정할 수 있다고 믿는 사람이다.

그러나 자신이 사랑을 선택했다고 믿는 것만큼, 아니, 서로가 서로를 선택했다고 믿는 것만큼 어리석은 일은 없다.

설령 그것이 작은 흔들림에 불과했을지라도, 우리가 이 세상에 태어났다는 것이야말로 사랑이 우리를 결정했다는 결정적인 증거이다.

강물이 가장 낮은 자리를 택하여 길을 내듯이, 사랑은 가장 아름다운 젊음을 택하여 마음과 마음을 이어 자신의 생을 살아간다. 그러고는, 시간의 물결에 휩싸인 채 깊은 침묵 속에서 잠들어버린다.

오랜 시간 뒤 우리가 그 젖은 옷가지들을 건져 장사 지낼 때 비로소 우리는 사랑의 어둡고 깊은 기원을 증명하기 위해 살아가는, 연약한 숙주에 불과하다는 사실을 깨닫게 된다.

희미하게나마, 그때 우리는 이해할 수 있다. 저 빤한 사랑이 그토록 아팠던 이유와 이 진부한 삶이 이렇게 고독한 까닭을 말이다.

큐피트의 과녁도 찢어진다, 쓰러진다.

내가 사랑에게 걸 수 있는 것

그러나 그 영혼이 보이지 않아서 어머니는 태어난 자식에게 옷을 입힌다. 내가 인간인 이유는 내가 인간으로부터 떨어져 나왔다는 사실밖에 없다. 내가 내 알몸을 통해 보는 것은 영혼이 아니다. 내 몸은 둥지 아래로 떨어진 빨간 새의 주검이거나 태어나자마자 오물 속에 빠져버린 구더기인지도 모른다. 나는 그들과 함께 이 별의 진흙 바닥에 꿈틀대고 있는 것뿐인지도 모른다. 나는 나일 것이라는 오해로 기워놓은 한 벌의 옷인지도 모른다. 입을 때마다 거울에 비춰보며 자신일 것이라고 믿는 그 상표인지도 모른다. 꿈에서 깨어났다고 해서 꿈을 이겨낸 것이 아니듯이, 옷을 벗었다고 해서 나를 보게 되는 것은 아니다. 그러니 내가 무엇을 걸고 당신을 사랑할 수 있겠는가? 다만 당신을 사랑한다는 이 고백을 제외하고서. 그러니 어떻게 이 사랑을 증명할 수 있겠는가? 이 지독한 슬픔을 제외하고서.

내가 당신을 얼마나 미워하는지 알겠지?

"그날 갈 곳이 없었고, 네가 손을 내밀었다."

다음 생애에 당신은 아주아주 약하고 옹졸하고 수줍은 머저리를 만나겠다고 했다. 그 머저리와 고동 속처럼 좁고 어둡고 축축하고 따뜻한 데서 둘이만 살겠다고 했다. 조갯살처럼 연한 머저리랑 아무 바위에나 붙어 다정하게 한 생을 보내고 나면, 그다음 생쯤엔 어떤 파도도 견딜 수 있을 만큼 속이 단단해질 것 같다고. 물살이 그 위로 흘러가면 조개껍데기같이 무수한 빗살이 마음에 새겨졌다가 그마저 지워지고 마침내는 작고 반짝이는 모래알갱이로 흩어질 거라고. 우리가 서로 다시는 안 만날 수 있도록.

나는 당신이 얼마나 나를 미워하는지 안다.

사랑이라는 것은
공룡과도 같아서

"사랑이라는 것은 공룡과도 같아서, 모든 세상이 그들의 죽음을 즐긴다." —모니카 마론, 『슬픈 짐승』

끝나고 나서야 사랑은 시작된다. 아니, 끝나기 위해서 사랑은 시작되거나 사랑은 그 끝을 통해 완성된다. 그러나 그 핑계를 방패 삼아 우리는 사랑을 버리고 다만 하나의 추억을 얻고 그리워하고 있는지도 모른다. 마음의 진열장 속에 사랑을 소장하는 것. 그래서 당신이 밑줄 그어 가리킨 문장 때문에 나는 오래 잠을 이루지 못했다.

"오르페우스가 사실은 에우리디케를 구할 마음이 전혀 없었기 때문에 의도적으로 뒤를 돌아보았던 것이라고, 오르페우스는 에우리디케를 사랑하고 싶었던 것이 아니라 그녀에 대한 자신의 불멸의 사랑을 죽도록 노래로 찬미하고 싶었던 것이라고."

그러나 영원이 지나고 나서도 지워지지 않을 것 같은 저 공룡의 발자국은 어떻게 할 것인가? 저기서 끈질기게 자라나는 해초들을 우리는 도대체 어떻게 해야 할 것인가?

그리움의 처형장에서

"빛을 등지고, 터널을 오래 걸어온 사람이 짓는 첫번째 표정 처럼……"

당신을 생각하는 사이 해가 지고 창밖은 어둠입니다. 어둠 은 한 치 앞까지 캄캄하게 만들지만 가장 멀리까지 스스로를 투명하게 펼쳐놓습니다. 어둠의 여백이 되어서만 통행하는 것들—이를테면, 건너편 불빛들, 간판들, 음식물 쓰레기를 버 리러 가는 여자와 술 취한 행인들…… 이를테면, 어둠이 있어 서 그 어둠 속을 유영하는 것들…… 우리는 그것을 그리움이 라고 부릅니다.

인간 눈의 진화에서 가장 특이한 점은 흰자위입니다. 다른 모든 유인원들은 흰자위를 가지고 있지 않습니다. 적으로부터 자신이 그를 경계하고 있다는 사실을 감추기 위해서……
그들에게 시선은 공격과 방어의 시작입니다.

그러나 인간은 흰자위를 통해 자신이 어디를 바라보고 있는
지를 정직하게 드러냅니다. 내가 당신을 바라보고 있다는 것
을, 내가 당신을 사랑하고 있다는 것을, 그리고 내가 당신을
그리워하고 있다는 것을, 말하기 위해서…… 아무리 말해도
모자란 그 말을 간절함으로 채워 전하기 위해서…… 우리는
반짝이는 눈의 백사장에서 하얀 모래로 진실의 제단을 쌓고
서로의 마음을 제물로 바쳤습니다.

어둠은 더 큰 여백을 낳기 위해 검은 눈동자 속으로 사라지
는 우주의 골짜기입니다. 당신은 내 속의 어둠을 지우며 조용
히 걸어들어오고 있습니다. 나도 당신의 어둠 속으로 조용히
걸어가고 있습니다. 내가 어둠이 될 때까지 그 길이 끝나지 않
는다는 것을 알고 있습니다. 그 너머에서 당신과 나의 시선이
별똥별처럼 어디론가 떨어지고 있습니다.

3

부

나는 너를 말할 수 없다

　이제 너를 이야기하는 일은 너의 부재를 이야기하는 일이고, 너의 부재를 이야기하는 일은 다만 부재의 이미지를 이야기하는 일일 뿐. 나는 절대로 너를 이야기할 수 없다. 너는 수많은 부면을 보여주었지만 하나의 전체를 보여주지 않았으므로. 너는 수많은 정념을 전해주었지만 너라는 사람을 전해주지 않았으므로.

예언으로 이루어진 생애

우리는 이런 예언을 살아간다. 너는 많은 신발을 가지게 되겠지만 매일 단 한 켤레의 신발만 신고 외출할 것이다. 너는 많은 차들을 탈 수 있겠지만 그날은 단 한 대의 차에서만 내릴 것이며, 정류장에 쏟아지는 드넓은 햇살들 중 단 한 폭의 햇살만이 네 몸을 덮을 것이다. 그 거리의 무수한 바닥들 중에 단 한 뼘의 흙만이 네 발자국을 받쳐줄 것이고, 너는 한 번에 한 걸음으로만 그에게 다가갈 것이다. 너는 수많은 단어를 알고 있지만 단 한 단어로만 그의 이름을 부를 것이다. 그리고 수많은 그의 생애에서 오로지 그 순간만을 포용할 수 있을 것이다. 그때 너를 스친 바람을 너는 다시 만나지 못할 것이다. 그리고……

사랑의 말들은 모두 거짓이다. 모든 사랑은 끝나기 때문이다.

하루가 지나간다

"이름은 그 주인에 대한 기억이 흩어져
연기처럼 날아가지 않도록 눌러두는 돌멩이 같은 것이다."

네가 사랑에 실패한 것이 아니라, 사랑이 너에게 실패한 것이다.

사랑이 네 몸에 들어와서 이 험한 현실을 다 살아내지 못한 것일 뿐이다.

그래서 사랑이 너의 고통을 빌려 몸부림치고 너의 슬픔을 빌려 울고 너의 절망을 빌려 밤을 찢을 때, 네가 할 수 있는 유일한 일은 몸을 잃고 헤매는 사랑에게 가만히 마음을 빌려주는 것이다.

세상에는 아직 아침마다 열리는 창문이 많고 후후 입김을 불며 닦아야 할 거울이 있다.

창문을 넘어온 바람이 거울 속에 맺힌 눈물을 데려가는 오후가 있다. 슬픈 웃음이 있다.

그리고 책상 앞에 앉아 흰 종이 위에 그의 이름을 한 자씩 썼다가 다시 그 검은 글씨를 하나씩 지우면, 하루가 지나간다.

우리 몸에서 빠져나간
빨간색을 보여줄까?

사랑하는 이가 세수한 물을 마시고 그의 아이를 가진 여자
가 있었다지. 어머니의 말을 듣고 아버지를 찾아갔는데 아버
지가 아들을 몰라보자 쓰러져 다시 물로 돌아간 아이가 있었
다지.

우리는 눈물로 돌아갈 것이다. 우리 몸속엔 피 대신 눈물이
돌고 있으니.

우리 몸에서 빠져나간 빨간색을 보여줄까? 봄꽃과 가을 단
풍과 저 석양을.

석양이 문을 걸어잠그고

　지난가을 그는 문을 열고 들어갔습니다. 그리고 여태 나오지 않습니다. 눈이 내리고 꽃이 피는 시간이 흘렀습니다. 그리고 나는 노을 지는 하늘 아래 서 있습니다. 녹슨 문 앞에 서 있습니다.

　손잡이가 없는 것처럼 저 하늘을 열 수 없습니다, 어쩌면 손이 없는 것처럼…… 계절은 버려진 감옥처럼 거리를 채웠습니다. 불현듯 저녁이 환하게 불을 켜면, 빨간 창문이 낙엽처럼 떨어져내릴 것입니다. 그리고 내가 영영 알 수 없는 그의 이야기처럼 어디론가 멀리 날아갈 것입니다.

　어쩌면…… 지난가을 그는 문을 열고 나갔습니다. 그리고 여태 돌아오지 않습니다.

사랑한다면 서로 만날 수 없다

"우리는 '나와 너'로 만난 것이 아니라 '너와 너'로, '나와 나'로 만났습니다. 말하자면, 우리는 서로 헤어진 채로 만났습니다."

이별은 애초에 서로가 그 자리에 없었다는 것을 증명하는 최종 단계입니다. 말하자면, 당신은 나의 부재와 만나고 있었습니다. 믿을 수 없겠지요. 그러나 당신을 만날 때 나는 온통 당신으로만 가득차 있었을 뿐, 나의 자리 어디에도 나는 없었습니다. 텅 빈 내 안에 이미 당신이 들어 있었습니다. 말하자면, 당신은 당신을 만나기 위해 나에게 달려온 것입니다. 믿을 수 없겠지요. 그러나 나는 당신을 통해 나를 만났습니다. 나는 나를 온전하게 포옹하기 위해 당신을 만났습니다. 세계의 수많은 아름다움을 향하여 흩어지던 나를 오로지 나 하나로 수렴시키는 당신. 서서히 당신 속으로 내가 스밀 때, 나는 당신이, 당신이 아닌 순간을 기다려 고백했던 것입니다. "나는 당신 속에 꽉 차 있는 나를 사랑합니다." 정말 우리가 서로 사랑했다면, 우리는 서로 만난 적 없습니다. 믿을 수 없겠지요. 나는 나를 만나고 당신은 당신을 만났습니다. 어둠 속에 버려진 텅 빈 눈동자를 지지고 가는 섬광처럼, 혹은 거울 속에서 나를 향해 쏟아지는 빛처럼, 우리의 텅 빈 그림자가 잠시 겹쳐졌을 뿐입니다. 그리하여 오늘 우리의 이별은 애초에 서로가 그 자리에 없었음을 고백하는 것이겠지요. 말하자면, 오늘은 우리가 처음부터 헤어져 있었다는 것을 비로소 인정하는 순간입니다.

우리의 절망을
다 받을 수 없기에

"꿈속에서는 생시가 보이지 않지만 생시에서는 꿈속이 보입
니다."

이렇게 많은 사람들이 한꺼번에 잠이 들고 이렇게 많은 사
람들이 한꺼번에 꿈을 꾼다면, 꿈나라는 도대체 얼마나 넓은
나라란 말인가? 감옥이 없는 곳. 산 자와 죽은 자가 함께 예배
를 올리고, 그리움이 성상처럼 걸려 있는 곳. 육신을 묶어놓던
지상의 중력도 영혼을 목매달던 천상의 밧줄도 없는 곳.

아마도 밤은 그 나라의 튼튼한 국경이겠지.

그러나 그 나라에서도 당신은 나와 함께이지 않았네. 당신
이 없는 현실은 관 속처럼 갑갑하고 당신이 닿지 않는 몸은 갑

옷처럼 답답한데, 어떻게 이 좁은 고통이 저 넓은 꿈나라를 가득 채우는 것인지…… 비로소 나는 왜 모든 사람들이 꿈을 꾸는지 알 것 같다. 현실의 크기로는 우리의 절망을 다 받을 수 없기 때문에……

거울 속에서 얼굴을 지우고 나면 남는 괴로움

"너 거기 있니?" 피조아를 먹어본 적 없는 사람은 피조아를 원하지 않는다는데, "마지막이 뭔지도 모르면서 어떻게 마지막을 말할 수 있니?"

그러나 마지막은 그렇게 온다.

어느 순간 들려오는 새들의 지저귐이나, 나 대신 머리를 감싸쥐고 벤치에 앉아 있는 사람을 우연히 바라보게 되는 것처럼……

그것이 진실이었음을
알려주는 것

어느 순간—이라고밖에 말할 수 없는 순간에, 만난다. 그리고—라고밖에 말할 수 없는 이야기의 끝에서, 헤어진다.

그렇지만 우리가 가진 이 지극한 슬픔이 우리의 가장 불행한 부분은 아니다. 왜냐하면, 슬픔은 우리가 낯선 이별과 마주했을 때, 그 만남이 진실이었음을 알려주는 유일한 메신저이기 때문이다.

당신의 말이 나의 우주는 아니다. 다만 나에게 당신의 말이 우주의 무게를 갖고 있을 뿐이다.

이 슬픔이 예배가 아니라면

"겨우 앞에 있는 것을 볼 수 있다고 해서 우리가 눈을 뜨고 있다고 말할 수는 없다. 어둠 속에서 앞을 보려면 촛불을 켜야 하듯이, 마음을 지폈을 때만 알 수 있는 세계가 있다."

나는 믿음이 없는 사람입니다. 그래서 밤길을 걷습니다.

나는 믿음이 없는 사람입니다. 그래서 어디든 멈춥니다.

밤은 통증으로 가로등을 세워놓았습니다. 도시의 모든 불빛이 닿는 곳에서 까맣게 타고 있는 어둠, 어둠은 자신의 화상 자국을 펼쳐 밤을 만듭니다. 모든 길이 따갑습니다.

화상 연고 같은 안개가 강둑을 넘어오는 시간입니다. 누가 강물을 짜내고 있는 시간입니다.

밤의 환부에 뿌옇게 안개를 발라주는 시간, 가로등 아래서는 별이 보이지 않습니다. 우리의 고통이 별보다 빛나기 때문입니다. 아름답기 때문입니다.

나는 믿음이 없는 사람입니다. 그러나 우리의 몸이 신전이 아니면 또 무엇이겠습니까? 이 지극한 슬픔이 예배가 아니면 또 무엇이겠습니까?

당신을 잊은 사람처럼

어느 날, 우리는 하얗게 핀 벚꽃 아래서 사진을 찍었습니다.

그때 나는 "이렇게 아름다운 풍경 앞에 서 있는데도 슬프지가 않다는 것이 신기해"라고 말했고, 당신은 "슬픔에도 돌연변이가 있겠지"라고 답했습니다.

그리고 당신은 슬픔은 두 종류가 있다고 말해주었습니다. 웃음이 나오는 슬픔과 울음이 나오는 슬픔……

다시 어느 날,

당신이 푸르고 둥근 잎을 단 나무를 가리키며 그 이름을 물었을 때, 나는 도무지 그 나무를 알 수 없었습니다.

"벚나무잖아. 바보야."

아마도 나는 가을이 올 때까지 그 옆에 단풍나무 한 그루가 있었다는 사실을 모르고 살아갈 것입니다. 당신을 잊은 사람처럼 말입니다.

그날 나는 '망각은 슬픔의 돌연변이인 것 같다'라고 썼습니다.

그리움에 갇힌 자는
일어나지 못한다

    사랑은 바닥에 떨어진 그의 그림자에 눈동자를 그려주는 일이다. 내가 아는 가장 아름다운 눈동자를 말이다. 그래서 그가 떠난 자리에는 그의 눈동자만 남아 있다. 얼굴을 잃어버린 눈. 여전히, 그는 가장 아름다운 눈동자로 바라본다. 먼 구름과 뒤척이는 바람과 석양에 기우는 나뭇잎을…… 나는 다만, 오래 그와 눈 맞추고 있다. 나에게 그는 떠나버린 것이 아니다. 그의 얼굴이 지구가 되었을 뿐이다. 그의 사랑이 중력이 되었을 뿐이다. 그래서 그리움에 갇힌 자는 좀처럼 일어나지 못한다. 쓰러진 채, 그의 얼굴을 다 쓰다듬을 수 없는 것을 슬퍼할 뿐이다.

누가 이 글을 쓰고 있는지

"열이 잘잘 끓는 몸을 응급실 바닥이며 의자에 아무렇게나 쓰러져서 앓는 병자들 곁에 앉힐 때, 당신이 그리웠어. 뭐라 할까. 삶의 허식과 죽음의 진실이 있다면 당신은 후자로 나와 얽혀 있다고 생각한 걸까."

그렇지만 나는 아네. 그리움 쪽에만 두어야 할 사람이 있다는 것을, 저 너머에서 부재와 망각을 견디며 늙어가는 그리움이 있다는 것을, 기어이 부재와 망각에게 넘겨주어야 할 사람이 있다는 것을…… 그러나 나는 알 수 없네. 내가 당신을 그리워할 때, 그 그리움은 나로부터 시작된 것인지 당신으로부터 시작된 것인지. 그리고 이제 내가 당신을 잊었다고 할 때, 망각의 편에 서 있는 것이 나인지 당신인지…… 그리하여 당신과 나 중 누가 이 글을 쓰고 있는지.

다음 생에 입을 바지

"사랑아, 나는 너에게 없는 '죽을 수 있음'을 가지고 있다."

저 잎들은 연대하지 않고 조직하지 않으며 구축하지 않지만, 같은 모양으로 바람에 펄럭이고 같은 빛깔로 비를 맞으며 일제히 피어나서 일제히 진다. 해마다 똑같은 모양으로 피어나지만 같은 잎으로 피지 않고, 같은 높이에 피어나되 같은 허공을 점령하지 않는다.

그것이 사랑이겠지. 우리는 어리석었다. 자신의 마음도 마음대로 하지 못하면서, 상대의 마음을 바꿀 수 있을 것이라 믿었다.

모든 잎들이 자신의 허공을 버리고 돌아간 뒤에도 나무는 바람을 견딘다.

　이제 나는 다음 생에 입을 바지처럼 너의 부재를 질질 끌고
다닌다.

자신의 몸속으로 익사하는

"나를 공처럼 멀리 풀밭으로 던져줘."

풀밭으로 날아간 공은 봄이 가고 여름이 되고 가을이 끝나도 찾을 수 없었다. 봄에는 부신 초록에 묻혔고 여름에는 매미 소리에 가렸으며 가을엔 은빛 서리가 숨겼던 것. 겨울이 왔을 땐 풀밭을 돌며 눈사람을 굴렸다. 허리만큼 높이의 몸을 세우고 가슴만큼 높이의 머리를 올렸다. 세상의 외진 간이역에 잘못 내린 승객처럼 바람의 숨을 빌려 겨울을 살다 간 눈사람. 이제 뭐든 보내는 일이 쉬워졌다. 악수도 포옹도 없이, 늙어가듯 아무렇지도 않게. 먼저 녹은 자신의 몸속으로 서서히 익사하는 눈사람을 보내주었다. 그리하여 무심히 그 빈자리에 섰을 때, 거기 오래전에 잃어버린 공이 놓여 있었다. 더는 튀지 않을 부피로 까맣게 버려져 있었다. 지난 사랑은 이렇게 되돌아온다. 알지 못하는 사이 만나고 알지 못하는 사이 헤어지는 것처럼. 눈사람의 몸에서 공은 심장이었을까? 겨울 동안 어느 높이만큼 튀어올랐을까? 눈사람의 높이에서 겨울이 잠시 나와 눈이 마주쳤던 것처럼.

너라는 이유로 인하여

미안해. 너를 위해 죽을 수는 있지만, 내 생활을 포기할 수
는 없어.

달이 떠서
우리의 슬픔을 망치고 있다

밤은 정말 끝을 오므린 검은 비닐봉지일까?

밤은 가장 완전한 빛깔로 슬픔을 보여준다.

이제 우리는
서로에게 밤입니다

"아무것도 잊히는 것은 없습니다. 너무 맑아서 보이지 않는 물빛처럼, 너무 커서 보이지 않는 그림처럼, 우리는 서로의 최대치가 되어 서로의 눈앞에서 사라집니다. 이제 우리는 서로에게 밤입니다."

불판처럼 밤이 까맣게 가로질러 있습니다.
후회에는 타는 냄새가 납니다.

저 골목 위로 떨어져내리는 것이 낙엽인지, 잘린 상처의 붉은 살점들인지 모르겠습니다.

이 불판 위에 촘촘히 올려진 것이 고기인지 낙엽인지 모르겠습니다.

내 몸에는 아직 잎을 떨구지 못한 단풍들이 가득합니다. 당신에게 건네지 못한 고백들이 많습니다.

그 고백들이 얇게 썰린 채 익고 있습니다.
나의 고백이 연기처럼 흩어지고 있습니다.

오늘도 어미를 잃은 새끼 돼지처럼 별들이 꿀꿀거리며 어두운 하늘을 돌고 있습니다.

네 몸속에 숨겨왔던 것

　나와 짝이 되기 위해 빛 속으로 들어온 너. 그러나 나와 짝이 된 뒤부터 너는 내내 바닥에 쓸려다녔다. 너의 입과 코와 너의 표정과, 너의 무늬가 사라진 이유가 그것이라고, 오늘은 네 몸속에 숨겨왔던 금들을 보여준다.

　그림자로 가득찬 밤이 걸어오고 있다. 정오의 얼음 호수처럼 쩍, 소리를 내며 왠지 밤이 깨질 것만 같다.

그렇게 그렇게 지나간 뒤

"나 역시 그래. 내 몸이 무너질 때 나는 혼자일 것 같다고 생각해. 마지막 삶의 복판에서 덩그러니 버려질 거라 생각해. 우리는 뚝 떨어진 외로운 두 영혼으로 돌아갔네. 그래도 취하거나 몸이 괴로우면 괜시리 당신을 생각하지만…… 미련이겠지. 혹은 미련함이거나."

긴 편지를 짧게 읽을 당신과 짧은 편지를 길게 읽을 당신. 그러나 그 해지고 불어터진 마음이 마음을 불러 붉게 껴안을 때. 또 어떤 팔은 덧없이 길고 어떤 팔은 한없이 짧아라.

사람은 사람을 가질 수 없다

"우리가 함께 밥을 먹었다는 것은 우리 몸의 성분이 같아졌다는 뜻입니다. 우리가 함께 이야기를 나눴다는 것은 우리의 생각이 서로 섞였다는 뜻입니다. 그러나 우리가 함께했다는 것이 우리를 하나로 만들지는 못합니다. 우리는 같은 것을 좀 더 많이 가졌을 뿐입니다."

우리는 사물을 가질 수 없다. 작은 연필 한 자루를 온전히 나에게 침투시킬 수 없는 것처럼, 어떤 사물도 우리 존재 속에 온전히 포함할 수 없다.

사유재산이 애초에 허구였던 까닭은 여기에 있다.

우리는 진실을 가질 수 없다. 풍문이 잠시 나를 건드려 휘청

였던 순간이 있을 뿐. 진실은 어디에도 자신을 남기지 않는다. 우리는 누구의 진실에도 접근할 수 없다.

우리는 사람을 가질 수 없다. 고독을 몸의 감각으로 바꿔놓는 행위일 뿐, 어떤 섹스도 서로의 심연에 닿았다는 쓰라린 오해 이상을 채워주지 못한다.

결국 우리는 사랑을 가질 수 없다.

사랑의 궁극적인 불행은 끝내 그 대상을 내 몸으로 만들 수 없다는 것이다.

다만 온 세상을 너로 바꿔놓고 있는 나의 생각이, 너의 생각으로 가득찬 나의 몸이, 그리하여 너라는 나의 세상이, 이렇게 말하고 있다. "당신의 영혼이 바로 나의 그리움입니다. 당신의 그리움이 바로 나의 영혼입니다. 우리의 영혼은 그 무엇도 아닌, 누군가의 그리움입니다."

절망과 환멸에 대한 보고서

"가로등이 둥근 반지를 허공에 끼워두고 있는 골목에서, 나는 그로부터 '환멸'이란 말을 들었다."

사랑 앞에서 나는 환멸하기보다 늘 절망해야 했다. '환멸'이 나와 사랑 중 사랑을 허물어버리는 형식이라면, '절망'은 나와 사랑 중 내가 허물어지는 형식이기 때문일 것이다. 그래서 나는 늘 나를 지키지 못했지만 그렇다고 사랑을 지켰던 것도 아니다. 사랑이 사이와 간격을 통해 살아간다면, 어느 쪽이든 사랑은 시체로 남을 수밖에 없으니까. 환멸하기보다 절망하는 쪽이 더 윤리적이라고 말하려는 것은 아니다. 오히려, 환멸하는 자가 그 자리에 남아 비난과 고독을 감당할 때, 나는 위로와 동정으로 실연의 날들을 모면하고 싶었는지도 모른다. 어쩌면, 환멸하는 자가 고통을 견디다가 마침내 사랑으로부터 버림받은 자라면, 절망하는 자는 고통을 핑계로 서둘러 사랑을 포기해버린 자일 수도 있다. 그러나 버림받는 것과 포기하는 것의 경계는 언제나 모호하고, 우리가 명확하게 마주할 수 있는 것은 저 고통의 실체뿐이다. 끝없이 괴물로 출현하는 현재 앞에 고통은 어떤 모습으로 도착하는가? 처음에 나는 절망이 더 위험한 것이라고 생각했다. 자신을 보존할 수 없게 만드는 그것은 한 존재를 치명적으로 훼손시키기에 충분한 것이라 여겼다. 그러나 아니었다. 자신이 추락한 그 바닥의 깊이를 짚고 다시 일어설 수만 있다면, 절망의 경험은 더 큰 힘으로 바뀔 수도 있다. 환멸의 경우는 사정이 다르다. 한 존재의 내면에서 한번 허물어진 세계는 다시는 그 삶의 중심으로 돌아오지 못한다. 존재는 어떤 중력에도 감응하지 못한 채 공허하게 지속될 뿐이다. 사랑이 끝난 자리에도 생활은 계속되듯이, 아니 사랑의 끝에는 결국 생활이 남아 있듯이, 그때 우리는 삶이 죽음의 빈자리라는 것을 절감하게 된다. 그러나 어떤 조건 속에서도 어쩔 수 없이 지속할 수밖에 없는 것이 생활이라면, 우리가 그 의미를 다 알 수는 없을지라도 '삶'은 충분히 숭고하다. 절망과 환멸을 모두 거느리고서라도 말이다.

4

부

다 괜찮습니다

아주 오래전, 저곳에서 잠들었습니다. 때로 비가 쏟아지고 진눈깨비가 흩날렸지만, 몸과 몸을 둥글게 만 잠 속으로는 어느 것도 파고들지 못했습니다. 아주 오래전, 저곳에서 아늑했습니다. 때로 바람이 불고 찢긴 봉지가 날아들었지만, 마음과 마음으로 쌓아올린 아련한 꿈은 여태 상하지 않았습니다.

그사이, 당신은 파란 페인트 통을 들고는 마로니에 사다리 위에서 한 손씩 붓질을 하였고, 때마침 오후의 볕이 당신의 등에서 환하게 부서졌습니다. 그사이, 당신은 창문을 활짝 열고는 카키색 모포를 탈탈 털며 이마를 찌푸렸고, 이따금 지나는 이에게 손을 흔들며 마른 웃음 한 자락을 띄웠습니다.

누군가 여름옷을 입고 봄 빨래를 널었습니다. 빨래가 마르는 사이 꿈을 꾸었습니다. 당신보다는, 당신이 읽던 책에 관한 꿈이거나 당신이 기르는 고양이에 관한 꿈이었습니다. 다 괜찮습니다. 한 번은 좋은 꿈, 한 번은 나쁜 꿈이었으니까요. 누군가 가을옷을 입고 여름 빨래를 걷으러 올 시간입니다.

눈뜨고 깨어났을 때
먹먹하지 않기를

"눈뜨고 깨어났을 때 먹먹하지 않기를 바랄게."

유럽의 오래된 도시에서 늦봄부터 초가을까지 지낸 적이 있다. 길을 가면 모두 다 나를 쳐다보았고, 말을 걸면 고개를 갸우뚱거렸다. 흑인 소년이 빈병을 주우러 앞을 가로질러 뛰어가곤 했다. 유독 흐리고 비가 많은 날들이었다. 낡고 낮은 아파트들이 늘어선 동네, 난방이 되지 않는 방안에서 감기에 걸려 며칠씩 앓곤 했다. 키 크고 뚱뚱한 터키인 마켓 주인은 독일 사탕을 권했다. 사탕의 달달함은 몸속까진 퍼져도 꿈속까지 퍼지진 않았다. 자고 나면 한동안 먼지 낀 창문을 쳐다보며 앉아 있어야 했다.

너와 최대한 가까워지기 위해

"이제 우리의 만남은 죽은 물고기가 물위에 떠오르는 것과
같아서……"

12시의 창밖으로 사람들이 지나가고 지나가고 지나서, 가
고 있었다. 오래 견딘 수증기가 막 도착한 기차처럼 커피향을
뿜어내던 집이었다. 나는 냅킨 한 장을 펼쳐 네 이름을 쓰기
시작했다. 하얀 냅킨이 검게 보일 때까지 쓰고 또 쓰고 있었
다. 3시까지 오겠다는 문자가 왔다. 2시 45분의 창밖으로 사
람들이 지나가고 지나가고 지나갈 때까지, 나는 네가 오는 길
과 시간과 너를 기다렸다. 너와 최대한 가까워지기 위해……
그리고 네 이름이 적힌 종이를 주머니에 넣고 서둘러 그 집을
나왔다. 3시의 거리에서 사람들을 지나치고 지나치고 지나쳐,
왔다.

우리가 무엇을 잘못한 걸까?

"뭔가를 하지 않으면 안 된다고 생각했지만, 언제나 게을렀
고 적당한 제스처로 정치니 시민이니 윤리니 하는 말들을 견
뎠다."

고등학생 시절 학생회와 동아리 일을 함께 하고 줄곧 창원
에서 노동운동을 해온 형이 오랜만에 전화해서 물었다.

"우리가 뭘 잘못한 걸까?"

사실 저 취한 질문이 나를 붙든 이유는 '잘못'이란 단어가 아
니라 '우리'라는 단어 때문이었다. 내가 '우리'라는, 저 뜨겁고
애절한 단어를 공유할 자격이 있을까?

언젠가 나도 물었던 것 같다. 도대체 내가 뭘 잘못했냐고.
네 마음을 바꾸기 위해 수화기를 붙들고 있었던 것 같다.

너는 담담하게, 우리 중 누구도 잘못하지 않았다고……

시간이 흐른다는 것은 무엇일까? 지금은 도무지 알 수 없던 것을, 시간이 지나면 알게 된다고, 멀어지면 알게 된다고, 그래서 모르는 것은 죄가 아니지만, 견디지 않는 것은 죄라고……

더는 아무것도 도착하지 않을 것 같은 날들이 저물녘 취한 귀갓길처럼 흘러가고, 나는 다시 물었던 것 같다.

"나한테 왜 그랬어?"

아무리 먼 곳까지 떠났다가 돌아와도, 일생을 두고 떠들어도 모자라는 경험이 나를 거쳐갔다 하더라도, 내가 너에게 물어야 할 말은 저것밖에 없다고 생각했던 것 같다.

너는, 우리가 여기서 만났기 때문이라고……

우리가 만난 세계는 늘 아픈 곳이고, 아픈 곳에는 언제나 사람이 있지만, 나는 이제 '함께'라는 말로 시작하는 약속을 하지 않는 사람이 되었다. 아니, 약속 앞에서 서성이는 사람이 되었다.

그러나 가끔 묻게 된다.
"도대체 세상은 우리에게 왜 이러는 걸까?"

그래도 우리가 이 세계를 사랑해야 한다면, 최대한 멀어지기 위해서 사랑해야 할지도 모른다. 우리의 잘못은 이 세계와 멀어지지 않은 채, 세계를 바꾸려고 했던 것은 아닐까?

네 마음을 돌리려고 했던 것은 아닐까?

내 삶의 중심에는 늘 내 삶이 밥을 끓이고, 내 믿음의 중심은 텅 빈 추상들이 버티고 있다. 알 수 없는 미래의 어느 오후에, 한껏 쪼그려 앉아서는 마당 텃밭에 자란 잡초를 무심하게 솎아내듯, 우리가 나누었던 약속들을 하나씩 지워가는 날이 오고야 말면…… 그 밭에서 자란 푸성귀가 또 한끼의 식사가 되겠지.

우리에겐 내일이 있다지만 이제 나는 내일에 대한 사유만 있는 것 같고, 그것이 오고 나면, 철로 위에서 마지막까지 내려오지 않는 기차처럼 지독하게 계속되는 오늘 속에서, 나는 후회의 나라가 점점 커지는 것을 아파하겠지. 그래서 날마다 패배의 몫을 미리 지불하면서, 나는 '우리'라는 말 속에 살아야 할 기쁨을 다 써버렸다고……

어느 날은 전화기를 붙들고 옛친구에게 저 가망 없는 사랑에 대해 다시 묻게 될까?

보고 싶다는 말의 배후

한꺼번에 생의 쓸쓸함을 전부 넘겨받은 듯한 밤이었다.

나를 아는 모든 이들이 나를 잊은 것 같은 어둠이었다.

불 꺼진 방에 가득한 생각 속에서 그리운 이들의 이름이 감쪽같이 사라져버리는 순간이었다.

청춘이 캄캄한 바다에 던져진 밑밥처럼 너덜하게 어디론가 풀려가고 있는 듯한 시간이었다.

말하자면, 뿔뿔이 흩어지고 있는 마음이었다.

모든 차들이 갑자기 사라져버린 고속도로가 내 앞에서 영원히 끝나지 않을 것 같은 밤이었다.

나는 어딘지 모를 곳을 향해 달리고 또 달리고 있었다.

밤 다음에 다시 밤이 올 것만 같은 밤이었다.

사실과는 상관없는 것

눈을 뜨고 있는 동안이 눈을 감고 있는 때보다 더 많은 것을 보았다고 말할 수 없다.

골목길 담장에 남은 짓궂은 낙서 하나에 웃고 쓰러지고 나뒹구는 아이의 전부가 들어 있는 것처럼, 나는 불이 꺼지는 창문 아래에서 너의 하루가 실어나른 그 많은 빛들과 뒤에 남은 그림자와 끝내 어둠 속으로 사라지는 상념의 옷자락을 모두 떠올릴 수 있다.

너를 만나지 못한다고 해서 너와 아무것도 나누지 못했다고 말할 수 없다.

볼 수 없는 자만이 음악 속의 색채를 보고, 들을 수 없는 자만이 그림 속의 피리 소리를 듣는다.

누군가 정말 그것이 사실이냐고 묻는다면, 그게 무슨 상관
이냐고 말하면 된다.

순간의 사물함이던
카메라까지

한 골목 카페에 앉았을 때의 일이다. 갈색 머리 종업원에게
재떨이를 치워달라고 했더니, 그냥 두고 바라보면 사색하기
좋을 거라며 빈손으로 돌아갔다. 그의 미소가 묘해서 나도 모
르게 재떨이를 물끄러미 바라보았다. 타버린 것들이 쌓이는
곳에 생각을 얹어두라는 말. 그 말이 묘해서 또 한참을 더 바
라보는데, 내 생각의 바닥에서 짓눌려 담뱃불처럼 꺼져간 얼
굴이 희미하게 떠올랐다. 골목을 쓸어가며 바람이 불자 하얀
재들이 날아오르는 것이 보였다. 기억의 화장터처럼, 골목은
유품으로 가득했다. 며칠 동안 감지 않은 머리를 가리라며 건
네주던 검은 비니와 금방 올이 나가버렸던 장갑과 너에게 주
려고 가져갔다가 사소한 말다툼 끝에 바닥에 내동댕이쳤던 에
코백과 순간의 사물함이던 카메라까지…… 저 사물들은 얼마
나 많은 사람들을 가두고 있을까? 그 모두를 다 담아낼 수 있

다니, 카메라는 얼마나 큰 나라에서 온 물건일까? 그리고 너는

왜 그 속에서 나올 수 없는 것일까?

사는 일이
끝나지 않을 것 같은 느낌

"제법 커서까지 잠에서 깰 때마다 눈물이 났다. 아무래도 내
인생이 딱 이만큼의 크기로 이 세상에 던져졌다는 사실이, 그
순간에 내 몸속으로 칼날처럼 밀려들어왔기 때문일 것이다.
그리고 울지 않게 된 날부터, 나는 내가 깨어난 곳이 도무지
어디인지 낯설기만 해서, 한참 바깥을 내다봐야 했다."

낮잠 자고 일어나 먹먹한 마음에 아침인 줄로 알고 책가방
을 챙겨 대문을 나서던 때가 있었다. 골목에서 친구를 만나고
나서야 터덜터덜 되돌아왔던 날,
나는 하루가 너무 길다는 생각과 사는 일이 끝나지 않을 것
같은 느낌이 들어 무서웠다.

오늘은 언제일까?

어쩌면 삶이 숨겨놓은 가장 끔찍한 사실은, 우리가 내일도
기어이 살아가야 한다는 것일지도 모른다.

일을 나갈 수 없는 날

"하늘의 눈부신 구멍으로 쉴새없이 햇살의 바케쓰를 들이붓고 있는, 태양도 알고 보면 일용직이다."

수천 년 전에도 바로 내가 누워 있는 이 자리에서 누군가를 사랑한 사람이 있었겠지.

그들도 우리처럼 헤어졌을까? 슬픔이 밤새 그를 적시고 아침 부역에서는 떨리는 손 때문에 어느 토기의 빗살무늬는 삐뚤어졌겠지. 흰머리의 노파가 잠자코 그를 쳐다보았을 것이다.

사랑과 이별이 수천 년이 지나고서도 반복되고 있다는 생각을 하면서, 또한 수천 년 동안 자식의 슬픔을 모른 체할 수밖에 없는 아비가 있다는 생각을 하면서, 나는 반듯이 누운 내

몸이 오래된 유적에서 굴러나온 수레바퀴 같다는 생각을 하는
데……

그리하여,

병가를 낸 날, 나는 수천 년 전부터 아버지에게서 아들로 넘
겨받은 슬픔의 수레를 내가 알지 못하는 시간 속으로 옮겨놓
고 있는지도 모른다.

기억은 내가 아는
가장 가난한 장소이다

"날씨가 참 좋아. 너를 잊을 수 있을 만큼⋯⋯"

모든 기억은 조금씩 희미해지고 언젠가는 잊히니까, 너를 만나는 일 또한 너로부터 잊힐 날들을 살아가는 순간에 불과하겠지.

우리의 사랑은 이렇게나 공허하다. 수천 년 전 바위에 그려진 벽화처럼⋯⋯ 화장실 청소를 할 때마다 누군가 내 인생에 그려놓은 낙서가 지워지지 않아 집에 갈 수 없었는데, 너무 열심히 문질렀던 탓일까? 도무지 그 그림이 기억나지 않는다.

그래서 나는 개교기념일이 없는 학교를 다니고 생일이 없는 사람을 만나고 결혼기념일이 없는 결혼을 하고 기일이 없는 죽음을 갖고 싶다.

　내 삶의 동굴 속으로 들어와 마음을 색칠하는 당신에게 나는 단 한 모금의 물도 건네지 않을 것이다. 지쳐 쓰러진 당신의 흰 뼈가 깊은 어둠 속에서 빛날 때까지……

지금은 지금을 알 수 없네

지금은 말고,

우리가 회색 외투 속에 숨겼던 심장을 꺼내 서로의 손바닥 위에 얹어두었을 때.

지금은 말고,

한 뼘씩 심장 소리처럼 해가 뜨고 그 볕을 풀어 무지개가 한 폭의 담요를 짤 때, 영원히 깨지 않을 것 같던 꿈으로 덮어줄 때.

너는 물었다.

그 많은 일들 중에 무엇이 남을 것인지.

나무는 가장 환한 쪽의 잎부터 떨어뜨린다.

어디가 환한지 모르는 시간이 흘렀다.

밤이 반짝이는 별들을 모조리 담아가기 위해 검은 보자기를 가져왔다는 것을 알았고

무지개가 강물의 헛된 감옥이라는 것을 알았고

텅 빈 트랙을 혼자 돌다 쓰러진 마라톤 선수처럼

꿈의 끄트머리에서는 늘 찬물 한 사발을 들이켜야 한다는 것을

알았다.

그리고 알게 되었다.

지금이 언제든, 지금은 지금을 알 수 없다는 것을.

나를 만나는 시간들

가끔, 세상 어디엔가 나와 똑같은 사람이 살고 있을 거라는 상상을 해본다. 나와 같은 또다른 나. 그도 면발에 김치를 감아 국수를 먹고 가랑이 사이에 손을 넣고 둥근 잠을 잘 것이다. 어느 추억에선 그도 첫사랑을 했을 것이고, 별리의 아픔에 홀로 울었을 것이다. 약간은 도덕적이고 약간은 비도덕적인, 그리고 약간은 순정하고 약간은 타락한 나처럼 약간은 잘난 체하고 약간은 비굴하게 살고 있을 그. 나 아닌 나. 그가 나의 분신이라 생각다가도 가끔은 내가 그의 분신이 아닐까. 먼 곳에 걸어둔 거울처럼 그를, 또는 이곳에 걸린 거울처럼 나를, 생각하는 것이다.

마침 어제 그를 보았다. 늦은 귀갓길 깜빡 잠에 종점까지 가 내렸을 때였다. 기사 아저씨의 눈빛은 눈여길 짬도 없었다. 지갑 속에서 간당간당하는, 심야 할증이 붙은 택시비가 걱정되었기 때문이다. 캄캄한 도로변 밤바람에 문득 뒤를 돌아보았을 때였다. 스무 걸음 남짓 너머 그도 택시를 잡고 있었다. 슬몃 그가 나를 쳐다보았을 때, 단번에 알아챌 수 있었다. 나와 같은 또다른 나. 첫 만남 후로는 쉽게 그를 볼 수 있게 되었다. 큰 창 안에서 열심히 김밥을 마는 그. 서류가방에 걸음 바쁜 넥타이의 그. 노란 차를 몰고 골목을 도는 그. 그, 그, 그들. 수많은 그들이, 그리고 그들의 '그'일 '나'가 거리마다 분주했다. 한몸이면서 다른 몸, 혹은 여러 몸이 된 나와 나가 그득그득 둑방까지 차오른 어둠처럼 함께 흘러가고 있었다.

가을은 학살자처럼
많은 칼을 차고서

"어떤 시간은 내가 떠서 던지는 한 삽의 흙이 죽은 친구의 얼굴을 덮을 때처럼 온다."

낙엽 앞에 우리는 노랗게 유족처럼 서 있습니다. "당신은 몇 장이나 책갈피 속으로 가져갔나요?"

기억은 가장 오래 지속되는 장례식입니다.

어느 페이지를 펼치다 울게 되는 것이 먼저인지, 글자 위에 남은 눈물 자국을 발견하는 것이 먼저인지 모르는 채 가을이 지나갑니다. 저토록 많은 칼을 차고서……

대지의 책갈피를 넘기며 기차가 출발합니다.

우리는 망각하기 위해 떠납니다. 그리고 늘 이 여행이 우리의 유일한 기억이 되기를 바랍니다.

기차처럼 창문들이
밤을 지나가고 있었다

그날 산책을 하던 우리는 돌연 이 마을에 몇 개의 창문이 있는지 궁금하였다. 너였는지 나였는지 오늘밤 이 마을의 창문을 다 세어보자고 말하였고, 한 집을 지나칠 때마다 손가락을 두 개씩 혹은 세 개씩 꼽아갔다. 아파트 단지 앞에 서서는 일일이 가로와 세로를 곱하기도 하였고, 화단에 걸터앉아 베란다 창은 몇 개로 쳐야 할지 한참을 고민했다. 아주 길고 어두운 터널을 지나가는 기차처럼 창문들이 환한 창을 달고 밤을 지나가고 있었다. 너였는지 나였는지 모르지만 어디까지가 이 마을인지 모르겠다고 말하였고, 우리는 놀이터에 멈춰 서서 서로를 멍하니 쳐다보았다. 어디까지가 오늘밤일까? 언제까지가 우리일까? 우리는 아이처럼 나란히 바닥에 퍼질러앉아 신발을 벗었다. 그리고 그것을 뒤집었다. 신발이 길 위에 신발 자국을 남기듯이 길도 신발에 제 자국을 남겼을 것이기

에. 기차가 지나가버린 터널처럼 창문의 불이 하나둘 꺼지기
시작했다.

아무렇지도 않게
약속을 저버리는 사람처럼

"늦은 밤, 술 마시고 택시를 타면 택시는 늘 집으로만 데려
다주었다."

나는 여자친구의 늦은 귀가를 돕기 위해 그녀의 집 담을 넘
어 대문을 따준 적이 있다. 그 높은 담장 아래서 나는 잠시 그
집이 괴물은 아닐까 상상했다. 어둠을 육체로 삼아 열쇠 구멍
의 눈을 바깥으로 내놓은 괴물. 싱싱하게 골목을 돌아다니는
청춘을 기어이 집어삼키고 마는 괴물. 언젠가부터 여자친구
는 더는 집밖으로 나오지 않았고, 나는 누군가의 귀가를 위해
그의 집 담을 넘지 않는 사람이 되었다. 이제 나는 나를 먹여
야 할 괴물에게로 걸어가는 사람이 되었다. 아버지도 거기에
누워 있었다. 집에게 청춘을 가장 많이 먹여준 자세로…… 어
둠은 오랫동안 시신을 감싸는 가장 부드러운 천이었다. 시신

은 어둠의 내부에 고통을 가두는 열쇠였다. 그 싸늘한 죽음을 일으키면, 아름다운 날들이 날카로운 박쥐 발톱처럼 밤하늘을 할퀴고 간다. 아무렇지도 않게 약속을 저버리는 사람처럼, 나는 태연하게 그것을 모른 체하며 살아간다는 기분이 든다.

나의 발자국은
나를 따라다녔다

"그러나 내 인생을 여행중인 슬픔아. 다들 죽지만, 죽기 위해 사는 사람은 없어."

모든 발자국에는 세상의 끝이 찍혀 있다. 자신이 남긴 발자국의 넓이를 합하여 다음 생에 가질 땅의 크기가 결정된다 해도 나의 땅은 붉은 모래가 석양을 빨아먹는 황무지일 것이다. 나의 발자국은 꼭 나를 따라다녔기 때문이다.

정작 신발은 가보지 않은 곳 때문에 낡아간다.

우리가 하지 못한 일 때문에 늙어가듯이……

종소리가 번지는 하늘

누가 봉투에 담지도 않고 저 아픈 편지를 보냈을까?

누가 그 편지를 읽지도 않고 공중에 찢어버렸을까?

추억을 떠올린다는 것

"도무지 우리에겐 어제가 있었다는 것을 증명할 방법이 없다. 지금 내 몸속에서 나뒹구는, 이 쓸쓸함과 서러움과 서글픔 이외에는 말이다. 오늘 속에서 고요히 잠들어 부패하고 있는 무언가를 말하는 것 외에는 말이다."

자신이 죽는다는 걸 알면서도 기꺼이 그 배역을 수락한 배우의 열연을 보는 일.

악당을 연기한 배우는 객석에 앉아 자신의 죽음을 지켜보며 슬퍼할까?

우리가 정해진 죽음 속에서도 이번 생의 공허를 견디는 이유는, 이 어둡고 캄캄한 삶의 전면에 그리움이 상영되고 있기 때문일 것이다.

암전 속으로 고요하게 사라지는 뒷모습 때문에 나는 나라는
저 악당을 용서한다.

슬픔이 내 앞에 앉아

울며 태어나고 울며 사랑하고 울며 죽어가는 이곳을 보며, 식사와 노동과 섹스를 관장했던 모든 감정을 떠올리며, 나는 이런 생각을 한다. '슬픔'이 우리의 세계를 만들고 부수는, '생활'이라는 공사장의 인부일지도 모른다고…… 그래서 현장에서 나온 폐기물을 포대에 담아내듯이 슬픔이 나를 내 인생에 담아가고 있는 것인지도 모른다고…… 그러나, 슬픔도 비정규직이라서 가끔 내 앞에 앉아 소주를 따른다고…… 슬픔의 고용주는 날마다 밤이라는 검은 차를 타고 별들의 파티장으로 가고 있다고……

외로움이 나를 해방시킨다

그러나 외로움이 나를 해방시킨다. 사랑하는 사람들아, 내 실패의 윤리들아, 부디 숭고한 무관심을 보여달라.

내가 가장 외로운 순간에

나는 서울이라는 곳에 살고 있는데, 왠지 명왕성에 살고 있다는 느낌이 든다.

나를 싣고 온 우주선이 외로움이라는 것을 안다. 그것은 나를 내려놓고 이 행성이 되어버렸다.

나는 매일 저녁 텔레비전을 보듯 지구를 바라보고 있다. 안녕. 정규 방송이 끝나면 재방송을 기다린다. 그러면 인생이, 사랑이 점점 지루해진다.

이제 내게 남은 아름다움은 그것이 무엇인지 점점 알 수 없어진다는 사실뿐이다.

그래서 이렇게 중얼거린다. 아름답다. 아름답다. 그리고 꿈을 꾼다. 내가 가장 외로운 순간에 당신이 나타나는 꿈.

손잡이만 남은 칼을 건네주듯이

"아무 이유도 필요 없는 순간이 있다. 아무 이유 없이 만나는 사랑이 있고, 아무 이유 없이 떠나는 인생이 있고, 그냥 바라보는 어딘가가 있다."

그 말을 도저히 할 수 없을 것 같아서, 어디서든 떠들고 다녔다. 믿기지 않겠지만, 도저히 할 수 없을 것 같은 말을 어렵게 꺼내고 모두가 놀라는 순간이 지나고 나면, 이제 그 말은 조금 힘든 말이 되고…… 그 조금 힘든 말을 겨우 꺼내놓고 누군가 되묻는 시간이 지나고 나면, 이제 그 말은 조금 불편한 말이 되고…… 나중에는 듣는 사람도 나도 그 이야기 앞에서 손잡이만 남은 칼을 건네주듯 순하고 고운 시선을 주고받는 것이다.

5

부

사람과 살아가는 이유

"삶은 생명이며 생명은 함께 살라는 명령입니다."

사람보다 글이 더 크다고 말하지만, 나는 글보다 사람이 더
소중하다고 믿는다. 글은 동시에 수많은 사람을 만날 수 있지
만, 사람은 한 번에 한정된 사람만 만날 수 있으니까. 글은 기
록으로 영원과 동행하지만, 사람은 한 번의 인생 속에 흔적 없
이 사라지니까. 글은 수많은 이미지와 정보로 우리가 알 수 없
는 의미로 번져나가지만, 사람은 오로지 그 사람만으로 오롯
이 거기 있으니까. 나는 글보다 사람이 작은 그 모든 이유 때
문에 사람이 더 소중하다고 생각한다.

만약 우리에게
날개가 있었다면

"안 되겠어. 로또를 사야겠어."

나는 말했지만…… 그런 행운이 우리에게 있었다면 우리가
여기서 만나지는 않았겠지. 우리가 이렇게 아프지는 않았겠지.

그런 행운이 우리에게 있었다면, 우리가 여기서 이렇게 태
어나지는 않았을 거야.

새는 그곳이 자유로워서 하늘을 나는 것이 아니다. 그곳이
배고픔을 달랠 수 있는, 생활이기 때문에 나는 것이지.

만약 우리에게 날개가 있었다면 하늘에서도 우리는 아팠을
것이다.

슬픔은 비 맞는 얼굴을 좋아합니다

"골목마다 가로등이 많은 동네가 있고, 골목마다 고양이가
많은 동네가 있다."

나는 어떤 아이도 태어나지 않는 이상한 마을에 살고 있습
니다. 그들은 어딘가에서 실려올 뿐입니다. 나는 어떤 노인도
죽지 않는 이상한 마을에 살고 있습니다. 그들은 어딘가로 실
려갈 뿐입니다.

우리는 조용한 사람들이 되기 위해서 이 마을을 만들었습니
다. 탄생의 울음과 죽음의 고통과 슬픔의 비명은 허락되지 않
습니다. 그것을 대신해서 자동차와 사이렌과 광고만이 가득
합니다.

푸른 대나무를 들고 서울로 서울로 향하던 사람들의 슬픈 얼굴처럼…… 슬픔은 비 맞은 사람의 얼굴을 좋아해서 그에게 달려가 자신의 표정을 새깁니다.

오후면 산책을 가는 날들이었다

　가을이었고, 오후면 산책을 가던 날들이었다. 저녁이면 박
쥐들이 까맣게 날아오르는 작은 시내가 하나 있어서 목재에
철심을 박은 다리를 건너다녔는데, 하루는 누군가 쌓다 만 돌
탑이 보였다. 납작한 돌 두 개 위로 몇 층은 더 올릴 수 있을
듯 보였다. 어쩌면 무너진 돌탑인지도 모를 일이다. 무심히 쌓
기 좋은 돌을 골라 꼭 두 개 층을 더 올렸다. 상단을 마저 올리
면 꼭 누군가의 꿈을 가로채는 일인 것만 같아 그만두었다. 가
을이라지만, 나무들이 잎을 떨구지 않는 나라였다. 다음날 내
가 올린 돌들 위에 작은 돌들이 포개져 있는 것을 보았다. 그
는 처음 저곳에 돌을 놓았던 사람일까? 그래서 궁금했다. 저
돌탑은 두 사람의 꿈인지 세 사람의 꿈인지. 나는 내가 본 가
장 아름다운 돌탑 옆에 돌탑 하나를 더 쌓았다. 그보다 작은
키였지만 그래도 좋은 꿈이라 생각했다. 폭풍우가 잦은 나라

여서 간밤에 무너질 수도 있겠지만, 길을 걷던 무심한 누군가가 다시 돌을 집어 그 위에 올리면 그만이라 생각했다.

언제나 인간으로 등장한다

"아주 잘 돌아가는 팽이는 그것이 돌고 있는 것인지 모를 정
도로 꼿꼿하게 제자리에 서 있다. 속도가 높으면 높을수록 정
확히 중력의 중심을 가리킨다. 어느 방향으로 돌아가든 간에
그 모든 가능성의 근원인 인간을 향해 있지 않은 세계는 곧 쓰
러지기 마련이다."

그 시절 나는 지금보다 더 잘 뛰었고 더 잘 마셨으며, 또 적
잖이 많은 결정을 해야 했는데, 그 선택 앞에서 자주 난감할
수밖에 없었다. 대체로 선택이란 '당위'와 '현실'을 양면으로 가
지고 있어서, 옳지만 어려워지는 것과 그르지만 쉬워지는 것
사이를 가로지르는데, 이때 삶이 가장 불투명하게 헤집어놓는
것은 물론 미래이다. 어디까지가 불가피한 현실이고 어디서
부터 불순한 타협인지, 모든 이의 조언과 충고와 도움이 세상

모든 방향으로 갈라지고 있었다.

그 시절 내 앞에는 옳은 판단이 무엇인지 정확한 언어로 설명해주는 현명한 어른이 많았고, 그것을 위해 기꺼이 생활의 곤궁을 감수하는 어른도 있었다. 그들을 존경하고 경외하는 것은 자연스러운 일이었지만 그 마음이 나의 고민을 자유롭게 해주는 것은 아니었다. 이상하게도 그럴수록 나의 고민은 거추장스럽고 불편하며 부자연스러운 것처럼 느껴졌다. 그들의 말과 삶이 따뜻한 응원과 격려를 포함한다는 사실과 무관하게, 단호하게 정리된 진리가 사람의 진실을 다 포함할 수는 없기 때문이다. 거기에는, 우리가 반드시 지켜야 할 정의와 그에 따른 자부가 있겠지만, 결정적으로 매혹되고 갈등하며 몰락하는 인간의 자리가 마련되어 있지 않기 때문이다.

그 시절 그는 위엄 있고 강직한 말 대신 자신의 고뇌와 실패의 경험을, 쓸쓸함을 가장하지 않은 쓸쓸함으로 내 앞에 풀어놓았다. 물론 그것이 실질적인 도움이 될 리는 없었다. 그러나 그 때문에 나는 나를 미워하지 않고 무언가를 견딜 수 있었다.

우리 모두가 아는 바, 위안과 위로는 비장하고 거대한 전망에 실려오는 것이 아니라 작고 사소한 고백에 실려오는 것이지만, 모두가 그 고백 앞에 정직할 수는 없다.

그는 선생도 선배도 친구도 아닌, 언제나 인간으로 등장한다.

이미테이션 천국

"우리 노래방에나 갈까?"

나는 노래방에 갈 때마다 우리가 청춘의 장례식을 치르고 있는 것은 아닐까 생각해. 젊은 날이 화려한 사각형에 실려가는 순간 말이야. 왠지 탬버린 소리는 꽃종이를 닮았잖아. 칠 때마다 정확하게 사라지는 시간처럼 말라가는 꽃 말이야. 나는 노래방에 있을 때마다 우리가 천국의 풍경을 지상에서 그려보고 있는 것은 아닐까 생각해.

나는 위험한 타인이었다

　서른다섯부터 나는 공식적인 '백수'가 되었다. 정기적으로 밥을 벌던 일을 버린 것이다. 어려운 때에 욕먹을 소리인지는 모르겠지만, 그때 나의 다짐은 '가능한 한 정시 출근과 정시 퇴근을 해야 하는 직장은 갖지 않겠다'는 것이었다. 물론 그 대가로 나는 틈틈이 특정 프로젝트에 꼽사리 붙기도 하고, 나를 불러주는 너그러운 곳에 가서 몇 마디씩 아는 척을 하기도 했다. 그러나 그러한 일도 제법 시간이 지나 몸이 달 대로 단 뒤에 생긴 것들이다. 한동안 백수의 핑계였던 '자유로운 사유'를 증명하는 것은, 내 신체의 일부처럼 손에 붙어 있던 리모컨이었다. 아침에는 아침 드라마를 보고 낮에는 스포츠 채널을 보고 저녁에는 미니시리즈를 보는 시절을 보냈다. 지구의 자전만큼 완벽한 사이클이었고 의지를 기각시킨 완전한 자유였다.

그러던 중 무심코 뒤 베란다 문을 열어젖혔다. 먼지 좀 털고 봄맞이 시늉이나 할까 한 것인데, 누가 저만치에 팝콘 봉지를 달아놓은 게 아닌가. 직장을 그만두고 집을 옮겼으니 이사한 지 서너 달밖에 되지 않은 터였다. 뒷동과 뒷동 사이로 야트막한 산이 보인다는 것을 나는 전혀 생각지 못했다. 막 초록이 대열을 짜고 일어서는 그곳에 누가 최루 분말 같은 팝콘 봉지를 들고 있었다. 안경을 닦고 다시 보았다. 부신 볕 아래 군데군데 서 있는 팝콘나무가 들어왔다. 분을 바른 것처럼 참 고왔다. 갑자기 도시 변두리 외진 야산에까지 저리 고운 신입사원 산벚나무를 출장 보내준, 우주 CEO가 고안한 생태 서비스 시스템에 대한 경외심이 마구 일었다.

명색이 백수라면 풍월 놀음 정도야 깔아놓고 가야 하는 것. 나는 전통 의복의 속치마처럼 부푼 저 꽃그늘 아래서 나절쯤 놀고 싶은 충동에 사로잡혔다. 벗이 있으면 더 좋겠고 술이 있으면 또 좋겠다. 역시나 예상대로 그 시간에 직장과 학업을 뿌리치고 달려올 만한 사람은 없었다. 하기야 풍류를 놓치는 건

그들의 불운일 뿐, 아쉬운 대로 나는 꿋꿋이 안주로 삼을 생김치와 두부를 쌌고, 술잔으로 쓸 사기그릇 하나를 담는 것도 잊지 않았다. 저 그림에선 걸죽한 막걸리가 제격, 아무리 편해도 종이컵은 술맛을 반감시키기 때문이다. 진달래 가지라도 꺾어 삼을 요량으로 젓가락은 일부러 빼놓았다. 이쯤 되면 한량답다. 마트에서 막걸리 두 통을 사서 산벚나무 아래로 갔다.

참 봄꽃 좋고, 봄바람 좋다. 우울한 겨울 외투처럼 펼쳐진 콘크리트 세속을 내려보며, 간만의 해탈감에 벚나무 한잔 나 한잔, 참 좋다. 무릇, 권주가 한 대목이 마침 그러할 터 비스듬히 팔을 짚고 나절쯤 보내겠다 싶을 때였다. 산을 내려오던 열댓 살 사내애 하나와 눈이 딱 마주쳤다. 왜 학교에 가지 않았을까. 호기심에 그를 유심히 보았다. 얼굴에 핏기가 없는 것이 한눈에도 병색이었다. 요양차 쉬고 있으리란 추측으로 쓴 술을 한잔 더 들이켰다. 그런데 뭐가 문제였을까. 저만치서 내려오던 걸음을 멈추고 그는 내 시선을 피해 산길만 둘러보고 있었다. 그러더니 이도저도 마땅찮은지 다시 되돌아 산을 올라갔다. 왜 그럴까 하는 의구심은 잠시 후, 한 떼의 등산객이 흘리는 잡담으로 인해 싹 가셨다.

다시 윗길에서 목소리가 뒤섞였다. "그러니까, 산에도 혼자 오면 안 된다니까", "세상이 어떤 세상인데" 대충 그런 대사가 있었고, 이내 서너 명의 아줌마들이 모습을 드러냈다. 그래, 세상이 험하니 앞서 조심하는 게 상책이다. 내심 동조하며 무심하던 차에 먼발치의 그들과 눈이 마주쳤다. 그러자 그들은 빗장을 걸듯 말문을 닫았다. 그리고 나를 지나쳐 한참을 내려갈 때까지의 침묵! 순간, 나는 망치로 머리를 얻어맞은 것 같았다. 그녀들 속에 아까의 학생이 섞여 있었기 때문이다. 그리고 저 아래에서 누군가 낮게 말을 흘렸다. "신고해야 되는 거 아냐?" 정신이 번쩍 들었다. 그리고 나는 반사적으로 휴대전화를 꺼내들었다. 나도 다른 사람들과 교류하는 사회인임을 증명할 필요가 있었던 것이다. 서둘러 여기저기 지인의 번호를 떠올리려 애썼다. 거기는 서울 근교 야산이었고, 누가 봐도 나는 무직의 삼십대 독신남이었다.

무지개프로젝트

"어려서부터 표준적인 삶에 내몰린 사람들, 어떤 목표를 위해 직선적인 길을 걸어온 이들은, 예기치 않은 순간에 생으로 돌진해오는 영원의 신비와 잘못 든 길이 안내하는 외진 계곡의 아름다움을 만날 수 없다. 나는 방황했기 때문에 세상의 골목길들을 알게 되었다."

찌는 여름이었다. 창밖으로 손만 내밀어도 델 것 같았다. 아주 커다란 전자레인지가 있어 그 속에 도시를 넣고 돌리면 이런 풍경이 펼쳐질 것 같았다. 단백질 덩어리처럼 열에 하얗게 굳어 있는 듯했다. 비탈진 골목은 휘발유를 먹는 승용차조차 버거워했다. 십 년이 넘은 나이인데다 유독 길눈 어두운 주인을 만나 외로만 모로만 몰렸으니 헉헉대는 데는 저도 나름 이유가 있었다. 실로 차를 돌릴 만한 공간도 허락지 않는 좁은

길은 난감했다. 비슷비슷한 골목이 이어졌고 그만그만한 사람들이 지나쳐갔다.

　물론 다 똑같을 리는 없었다. 어떤 집은 반지층의 창문들이 철창을 지르고 깊이 앉아 있었고, 어떤 집은 골목과 접한 대문에 우유 주머니를 달고 있었다. 한 뼘 그늘이 있는 자리마다 노인들이 부채를 들고 서 있거나 아예 박스를 깔고 앉아 내 차가 골목 끝에 나타날 때마다 지긋이 바라보곤 하였다. 비탈의 경사도 그랬지만 골목으로 바투 선 집들과 중간중간 만나는 사람들 때문에 도무지 앞으로 나갈 수가 없었다. 연신 마찰음과 파찰음을 섞어가며 핸들을 이리저리 돌려댔다. 갈림길을 지나칠 때마다 자라처럼 고개를 두리번거렸지만 차가 입장할 수 있는 골목은 많지 않았다. 사고 아닌 사고가 난 것은 순전히 무모한 좌회전 때문이었다. 직방으로 저 아래 큰길에 닿을 수 있을 것 같았다. 조심스레 늙은 차의 앞대가리를 골목으로 집어넣었다. 그러나 그 골목 저 끝을 바라보기도 전에 뿌지직, 하는 소리가 들려왔다. 바퀴 쪽밖에 없었다. 고속도로 요금소나 상가 지하주차장 같은 곳에서 티켓을 뽑기 위해 차를 바짝

205

대었을 때 아래쪽 턱에 종종 바퀴가 쓸리곤 하였다. 그러면 창문을 내리고 바퀴 쪽을 한번 쳐다봐준 후, 적당히 후진했다가 다시 전진하면 그만이다. 소리가 제법 컸는지 엑스트라처럼 흩어져 있던 사람들의 시선이 일제히 내 차의 아랫부분을 향해 쏠리는 것을 알 수 있었다.

되도록 여유 있는 표정으로 차창을 내렸다. 선팅이 된 창문이 미끄러짐에 따라 골목의 풍경이 선명하게 드러났다. 나를 바라보는 사람들의 수군거림도 점점 가까워졌다. 그런데 내릴수록 창문만 내려가는 것이 아니었다. 창밖의 풍경도 기우뚱 아래로 내려가는가 싶더니, 창문이 다 내려갔을 땐 늙은 차가 불량스럽게 짝다리를 짚고 있었다. 창밖으로 고개를 내밀었을 때, 나의 처참함은 찢어진 바퀴보다 더한 것이었다. 골목 모서리 턱에 아무렇게나 튀어나온 철근 뿌리가 바퀴의 옆구리를 발겨놓고 있었다. 여분의 바퀴가 있다지만, 골목은 앞뒤로 움직일 수 없을 만큼 좁았고 골목 벽에 딱 달라붙은 바퀴는 도무지 풀고 끼울 수 없는 자태로 쓰러져 있었다.

어쩔 수 없이 보험 회사 출동 서비스를 신청했다. 그러자 여기저기 흩어져 있던 사람들이 사탕을 본 개미떼처럼 몰려들기 시작했다. 내 차는 우주선처럼 찌그러진 채 은빛을 발산하고 있었고, 나는 낯선 별에 불시착한 외계인처럼 두리번거리고 있었다. 품평이 시작되었다. 애초에 여기까지 차가 올라온 게 문제라는 것부터, 재개발 계획으로 골목 관리가 안 되어서 그렇다는 이야기까지, 좀체 위로되지 않는 대사들이 이어졌다. 한 할머니가 노란 요구르트 한 병을 꺼내 엄지손가락을 깊숙이 푹 눌렀다. 내용물이 묻은 엄지손가락은 할머니의 입속으로 들어갔고 요구르트 병은 나에게 건네졌다. 나는 일말의 경계심마저 포기한 채 아예 할머니 옆에 주저앉아 요구르트를 홀짝거렸다. 출동 서비스 차량이 여기까지 올라오려면 시간이 좀 걸릴 터였다.

마을의 진풍경이 시야에 들어오기 시작한 것은 그때부터였다. 차를 몰 때 불편하기 짝이 없던 집들과 골목은 어깨를 나눈 듯 더없이 다정해 보였다. 언덕의 눈썹처럼 달린 낮은 처마와 우연한 각도를 만드는 벽과 벽의 깊이들. 이따금 담을 타는 나팔꽃이 아니더라도 마을은 마치 한 심연의 풍경을 현상하고 있는 듯했다. 한 채 한 채 무지개처럼 색색으로 칠한 다음 집들마다 통로를 만들어 연결하면 어떨까? 저 아래에서부터 이 꼭대기 집까지 모든 집들이 거대한 미로처럼 이어질 것이다. 그 속을 걸어오르며 방마다 꼭 한 점씩 걸려 있는 그림을 감상해보면 어떨까? 창문 너머엔 먼 도심의 풍경도 함께 그려져 있을 것이다. 비탈마을이 거대한 미술관이 되는 것! 300억 정도 예산이면 가능하지 않을까? 나는 그 꿈을 '무지개프로젝트'라고 이름 붙였다.

한동안 나는 '무지개프로젝트'에 대해 떠들고 다녔다. 천성이 소심한 탓에 주로 술자리에서였고 그래서 가십 이상이 되지 못하였지만, 무지개프로젝트는 분명 내가 '꿈속에서라도 이루고픈 꿈'이 되었다. 가능하다면 작가 레지던스 공간도 만들고, 예술 체험실도 만들 수 있을 것 같았다. 여차하면 예술 기관들이 들어와도 좋았다. 예술은 사라지는 것의 뒷모습에서 태어나는 것, 삐까번쩍한 곳보다야 백배는 나을지도 몰랐다. 저런 산동네 비탈마을이라면 어디에도 있지 않은가. 도시마다 무지개 마을이 생겨날 수도 있을 것 같았다. 그것이 가능하다면, 우리나라의 어느 관광 상품보다도 가치 있는 세계적인 공간이 될 가능성이 크다는 생각이 들었다. 그날, 곧 사라지고 말 마을을 내려오며 나는 "그래, 고흐의 〈감자 먹는 사람들〉 같은 그림은 저런 곳에 걸려 있어야 해!"라고 중얼거렸다.

반듯하게 자라야만
아름다운 것은 아니다

꼭 반듯하게 자라야만 아름다운 것은 아니다. 삐딱하게, 그것은 중력을 들으려는 귀기울임이거나 산과 바다 혹은 하늘과 땅에 새로 긋는 경계. 삐딱하게, 태양을 도는 지구처럼 모든 관계는 기울어져 있다. 사랑한다, 사랑한다, 사랑한다는 고백처럼, 그래야만 우리는 서로에게 서로를 넘겨줄 수 있다.

그러나 아이가, 소리내지 않고 우는 법을 익힐 수 있도록 변성기가 찾아오는 것처럼, 모든 밤을 쓰러뜨리며 끝없이 바람이 불어올 때, 우리는 속으로 이렇게 묻는 것이다. "왜 우리는 한 명의 어머니를 돌려가며 사용했을까?" 밤과 낮이 각방을 쓰지 않는 것처럼, 지구라는 방안에 나란히 누워…… 하나의 행성을 껴안고 우리는 끝없이 뒹굴고 있다. 사랑이 사랑을 견디지 못해 서로를 할퀴는 것처럼, 그것이 사랑인 것처럼……

욕망을 외면하는 방식으로는

"물었다. 왜 그렇게 고통받으면서도 삶을 바꾸려들지 않느냐고…… 들었다. 그래도 익숙한 고통이 견딜 만하기 때문이라고……"

우리에게 들려오는 모든 정치적 메아리 속에는 어떤 당위나 분석으로는 접근할 수 없는 정체 모를 불안과 공포가 숨어 있다. 그것은 발전이니 개성이니 성장이니 통합이니 안보니 하는 구호보다도, 그 구호의 아득한 심연 속에 도사리고 있는 오랜 패배의 감각일지도 모른다. 그래서 정작 우리에게 필요한 말은 민주와 윤리와 자유와 상식이 아니라 슬픔과 고통과 서글픔과 쓸쓸함 같은 것인지도 모른다. 이제 우리는 우리가 가진 삶의 욕망을 외면하고 배제하고 비난하는 방법으로는 한 걸음도 앞으로 나가지 못할지도 모른다.

모가지를 가져가지는 못할 것이다

"깨진 거울 속이면 인간은 한 명으로도 군중을 만든다. 인간 은 끝나지 않는다."

마을이든 산이든 둥글게 비를 두른 우산이 하나씩의 기둥이 되어 무거운 하늘을 떠받치고 있었다. 밥때가 되었고 나는 허기를 달랠 겸 노란 천막 하나를 골라 들었다. 잔치국수 한 그릇을 기다리고 있을 때, 아이 하나가 신기한 듯 소리치며 달려갔다. "저기 민들레꽃이 피었어요." 노란 우산이 멈춰 선 곳에는 외진 처마를 빌려 용케도 여태 하얀 보풀을 단 민들레 한 포기가 있었다. 그건 꽃이 아니라 '꽃씨'라고 일러줄 참이었지만 아이가 허리를 툭 꺾어 돌아왔을 때, 홀씨들은 모두 비바람에 흩어져 날아가버린 뒤였다. 아이의 얼굴에 스치는 낭패감에 잠시 웃음을 나눌 수 있었다. 그것이 봉하마을의 봄일지도 모른다. 모가지를 자를 수는 있지만 모가지를 가져갈 수는 없는 것. 마른 줄기의 빈 마디를 남기고 사라져 더 많은 꽃으로 다시 피어나는 봄. 누구도 그 고삐를 두를 수 없는 바람이 노란 꽃잎처럼 일고 있었다.

심장이 더 중요하지요

『겨레말큰사전』 편찬 일로 배를 타고 북의 남포에 갈 일이 있었다. 점점 달라지는 남북의 말을 모두 담아내는 사전을 만들자는 사업이었다. 비료를 싣고 가던 배편을 이용했는데 돌아오는 편이 마땅찮아 남포에서 꼬박 닷새를 지내야 했다. 북에서 나온 '동무'와 탁구도 치고 조개도 구웠지만 닷새를 보내는 건 역시 지루한 일이었다. 하루는 '동무'를 구슬려 서해갑문으로 소풍을 갔다. 북이 자랑하는 토건사업—1985년 완공, 연장 8킬로미터, 대동강 홍수 예방, 농공용수 등의 설명이 있었지만, 솔직히 잘 기억나지 않는다. 다만 사진을 찍을 때, 동무가 내 허리를 쥐며, 살이 오른 것 같다고, 흘리듯이, 부럽습메다, 했던 말은 기억난다. 그뒤로 나는 그 일을 그만두었고 오래 소식도 끊긴 채 시간이 흘렀다. 그럭저럭 지낼 만한 시간이었다. 그러나, 나는 내가 그들의 고단함에 깊이 관여하고 있다는 것을 알고 있다. 그들의 시련과 부조리의 이유 중에 지금 우리의 삶도 있다는 것을 알고 있다. 헤어질 때 긴 아쉬움을 이야기하자, 그건 중요한 게 아니라고, 내 가슴을 툭 치며, 심장이 더 중요하지요! 말했던 '동무'. 지금쯤 여드름이 났을 아들이 하나 있다고 했다.

인간의 유일한 기념비는
인간이라고 믿는다

"생일은 신이 우리를 버린 날에 대한 상징적 암호는 아닐까?"

나는 마구간에서 태어난 자를 믿는다는 자들이 마구간을 허무는 것을 보았다. 모욕과 치욕을 번갈아 쌓으며 거대한 신전을 올리는 것을 보았다. 그러나 나는 그 신전에서 쏟아져나온 사랑이 가난한 이의 마당으로 들어서는 것을 보지 못했다. 비 내리는 날 대문으로 흘러드는 진흙처럼 절망이 쌓여갈 때, 우리에게 허락된 일은 단 하나, 아무것도 하지 않는 것이었다. 나는 죽은 희망과 아픈 행복이 빼곡하게 솟아오른 들판을 몽유병자가 되어 걸었다. 드디어 한 마을에 이르러 가능한 한 오래 생활을 지켜보았다. 사람들의 몸속에서 피가 사그라들지 않는 저녁 산불처럼 이글거리고 있었다. 그리고 인간의 유일한 기념비는 인간이라고 믿게 되었다.

미래는 언제나
죽어서 도착한다

"미래는 우리에게서 우리가 가진 가장 소중한 것들을 착취해간다."

자고 나면 늘 오늘이듯이, 내일은 오지 않는다. 미래는 언제나 죽어서 도착한다. 우리가 기다리는 모든 미래는 오늘의 시체들일 뿐이다.

그것을 믿겠는가?

저 숲이 문명의 거대한 분실물 보관센터라는 것을. 저 바다가 마지막까지 네 가문의 종손들이 기거하는 종갓집이라는 것을.

우리가 매 순간 시체와 결별하기 위해 살아간다는 것을.

매 순간 우리 몸속에서 시체들이 달려나오고 있다는 것을. 두 팔로 우리를 껴안고 있다는 것을. 그것이 싸움이라는 것을.

죽음이 누군가의 죄를
대신하는 거라면

"신들은 전화를 받지 않는다. 신들은, 전화를 받지 않는 애인의 침묵 뒤에 숨어 있다."

신의 아들이 인간의 죄를 대신해서 죽었다고 했다. 그로써 인간의 죄가 끝났다는 말로 알았다. 더는 우리가 태어나기도 전에 지은 죄 때문에 울지 않아도 된다는 말로 알았다.

이제는 누구도 죄보다 앞서 형벌을 살지 않아도 된다는 말로 알았다.

아버지가 죽음 속에서 무럭무럭 자라나고 있다. 여전히 어떤 인간도 슬픔의 율법으로부터 석방되지 못했다.

어느 날 나는 십자가를 올려다보며 이렇게 묻고는 이렇게
답했다.

"인간의 아버지들은 누구의 죄를 대신해서 죽은 것일까?—
아마도, 신의 죄겠지."

그래서 나는 여전히 신을 용서하지 못했다. 그들이 지은 이
지상이라는 신전에서 나는 신들의 울음소리를 듣지 못했다.

끝난 것과
끝나지 않은 것

"그것이 성공의 기억인 이상 모든 경험은 보수의 완고함을 가지고 있으며, 그것이 실패의 기억일 때 그 경험은 진보의 가능성을 가질 수 있다. 모든 과거는 성공의 목적을 위해서 재해석되며, 모든 미래는 실패의 불안 속에서 재발견되기 때문이다. 언제나 어떤 성체가 납득할 수 없는 곳으로 달아나는 것이 진보이다."

지난 역사도 그 순간에는 가장 뜨거운 현재였다는 것을 생각하면, 미래는 요동치는 판 위에 놓인 팽팽한 '방향'인지도 모르겠다. 그래서 모든 것은 당장의 편익을 좇아가지 말고 이상을 향해 움직여야 한다. 어떤 일이 끝났다고 해도 변화를 끝낼 수 없는 것은, 사실은 우리가 늘 과도기를 살고 있기 때문이다. 그러나 현재의 앞에 꼭 미래만이 있다고 믿는 것은 어리석은 일이다. 끝나버렸기 때문에 과거는 과거에 머물지만, 또한 그렇기에, 과거는 영원히 끝나지 않는 애도의 대상이기 때문이다. 그래서, 역사가 우리 앞에 끊임없이 새롭게 도래한다는 말은, 애도는 끝나지 않고 다르게 계속된다는 말과도 같다. 그리하여 시간이 흐르고 해가 바뀌어도 우리는 다시 물어야 한다. "지금 잘살고 있는 거냐?"고. 나와 너와 우리의 역사를 증인으로 세우고서 말이다. 이렇게 물으면 어떨까 한다. 끝났습니까? 아니요, 끝나지 않았습니다. 끝나지 않았습니까? 아니요, 끝났습니다. 언제나 묻는 말과 다르게, 언제나 보는 것과 다르게, 우리는 살고 있다. 그래서 지나간 모든 것이 지금, 다시 다르게 시작되고 있다.

우리는 모른다

나는 것들은 바람의 허공에 닿아야 하고, 떨어지는 것들은 흙의 바닥에 닿아야 한다. 구름의 평온과 돌멩이의 해방처럼, 새들의 자유와 지렁이의 안식처럼. 그러나 여기, 오래도록 차단벽에 매달린 한 장의 낙엽을 본다. 잊혔으나 날아오를 수 없는 몸짓으로, 버려졌으나 떨어질 수 없는 슬픔으로. 비를 맞는 우리 시대의 자화상이 비스듬히 걸려 있다.

'나는 당신에게 아무 짓도 하지 않았다'고 말하는 순간에 짓게 되는 죄를 우리는 모른다. '나는 당신에게 아무것도 바라지 않았다'고 말하는 순간에 얻게 되는 이기를 우리는 모른다. 내 생의 무심함 하나하나가 세상의 거대한 사설로 누군가를 옥죄고 있다는 것을 우리는 모르며, 내 삶의 시치미 하나하나가 세상의 거대한 칼날로 누군가를 겨누고 있다는 것을 우리는 모

른다. 그리고, 줄지어 늘어선 그 '누군가'의 행렬 가운데 우리
의 차례가 돌아오고 있다는 사실을 우리는 모른다.

6
부

다행인 상처

"뼈의 철창에 영혼을 가둔 육체의 감옥아! 날마다 망각의 단두대에서 최후의 추억이 처형된다 해도 전방은 언제나 그리움을 향해 열려 있다."

러시아 인형처럼 외부의 모양과 내부의 모양이 똑같다면, 누구도 상처받지 않을 것이다. 부서지고 깨어진 상처는 우리가 세상에 포함될 때, 그 속박에 굴복하지 않고 벗어나려는 몸부림이다.

그래서 나는 상처가 우리를 자유롭게 해줄 것이라고 믿는다. 상처받는다는 것은 세상의 모양과 나의 모양이 끝없이 부딪쳐 모서리가 부서지고 깨진다는 뜻이기 때문이다.

그것을 피하지 않고 정면으로 마주할 때, 마침내 상처는 우리에게 해방을 가져다줄 것이다.

그것이 봄꽃과 가을 단풍과 저 석양이 자신의 상처로 물드는 이유이고, 한 생명의 탄생이 다른 생명을 찢고 나오는 이유이며, 시인들이 자신의 상처로 시를 쓰는 이유이다.

어느 날 고통에 무감해질 때

"가끔 미학적 논의 자체가 미학에 대한 향유를 앞지르고 있는 것은 아닌지 궁금해질 때가 있다. 한동안 유행처럼 번졌던 시에 대한 시쓰기가 그 해석의 목록을 통해 시가 누려야 할 고통의 육체를 묻어버린 것처럼 말이다."

당연하지만 꼭 하고 싶은 말이 있어서 시를 쓰는 것은 아니다. 시가 전방위적 소통을 꿈꾸는 양식이라고 해서 말로 다 전달할 수 없는 것을 감각과 직관을 통해 온전히 전달할 수 있는 것도 아니다. 어쩌면 시는 '거기 시가 있다'는 자체로 그 전모를 드러내는 것일지도 모른다. '거기 시가 있다.' 그것은 '거기 세계가 있다.' '거기 사람이 있다.' '거기 슬픔이 있다'는 말로 무수히 대체될 수 있다. 그래서 시는 고통을 알리는 것이 아니라 그 고통을 앓는 것이거나 고통 그 자체에 가깝다. 이때 시의

위의는 '세계'나 '사람'이나 '슬픔'으로 설명할 수 있는 것이 아니다. 시가 전방위적 소통을 가능하게 하는 이유는 다른 어떤 것이 아니라 바로 그것 자체이기 때문이다.

마침내 나는 이런 생각을 하게 되었다. 어쩌면 우리는 분석하고 정의하며 반성하는 데 너무 많은 시간을 써버린 것은 아닐까? 그 엄숙하고 진지하며 비장한 태도가 우리에게 남겨준 게 이 세계에 대한 환멸은 아닐까? 고백하자면, 나는 한 젊은 평론가가 내 시에 유희가 없다고 했던 충고의 의미를 이제야 알 것 같다. 나는 농담을 갖지 못해서 고통 한복판에서 고통에 무감해졌다. 장난과 난장의 와자지껄함이 만드는 모종의 마법 같은 순간이 고통조차도 싱싱하게 만들어준다는 것을 나는 몰랐다. 설령 그 가벼운 환희가 이 세계의 본질에 닿아 있는 것은 아닐지라도 새로운 본질을 창조할 수 있는 진공상태를 열어준다는 사실을 깨닫지 못했다. 그것은 자체일 뿐이지만, 그것으로 전부를 한다.

부재를 불확실함으로
바꿔놓을 때까지

이 지상의 감옥에서 매일매일 성경책을 읽으면서 그 형기를 늘려가는 사람들처럼, 매일매일 당신을 잊어가면서 나는 이 지옥의 삶을 복기할 것이다. 나의 고통과 불안이 당신을 모호함으로 물들이고 당신의 부재를 불확실함으로 바꿔놓을 때까지……

가장 지독한 모순들

영혼은 육체에 속해 있지만 육체를 부정하면서 육체에 귀속되는 것이다.

사랑은 정신에 속해 있지만 정신을 부정하면서 정신에 귀속되는 것이다.

문학은 현실에 속해 있지만 현실을 부정하면서 현실에 귀속되는 것이다.

험한 산의 노루 사냥꾼

한참을 뜬눈으로 천장을 보고 있었다. 보름이 가까웠던지 사각 문살이 훤했고 간간이 파도 소리가 녹아들었다. 조금 뒤 한 사람이 천천히 일어나는 기척을 보였다. 그것은 방문을 배경으로 아담한 실루엣이 되어 앉았다. 나지막이, 그의 목소리가 들려왔다.

"용목아, 잠 안 오제. 인나봐라."

고향 거창에서 시를 쓰는 형이었다. "안 주무셨어요?" 의례적인 인사를 하며 나도 엉거주춤 앉았다. 나는 맨 안쪽에 형은 맨 바깥쪽에 있었으므로, 둘 사이에는 너댓 명의 남정네들이 각자의 모양새로 잠들어 있었고, 더러 코를 골기도 했다.

"그래 인자 어쩔끼고?"

마음에 파도 소린지 바람 소린지 모르는 것이 밀려왔던 것 같다. 요즘도 누군가가 몹시 그립거나 돌아갈 수 없는 시절에 생각이 미칠 때면 나는 그런 느낌을 만난다. 아주 작은 드릴 같은 것이 가슴을 헤집고 다니는 기분.

"그냥 재수하려구요."

둘 다 한동안 말이 없었다. 대신 파도 소리만 문풍지에 비친 달빛을 쓸어내듯 들려왔다. '거창예벗'이라는 문화답사 모임에서 해남 땅끝마을을 찾아 민박하는 중이었고, 나는 전기 대학에 떨어진 후 집에서 가장 가까운 후기 대학에 합격한 상태였지만, 그 학교에 다닐 마음은 애초부터 없었다.

"니가 진짜로 하고 싶은 기 뭔데?"

아주 낮고 조용한 목소리였다. 고등학생 때부터 글을 쓰겠다고 한소리씩 주워듣던 내 꿈이 시인이라는 것은 그 형도 잘 알고 있는 터였다.

"너 고마 그 학교 다니면서 나랑 같이 문학 공부 해볼래?"

나는 마음이 동하지 않았다. 내 상심을 덜어주고픈 마음 혹은 위로의 몇 마디가 아닐까 하는 생각뿐, 그 이상도 이하도 아니었다.

"너는 험한 산에서 노루를 잡는 사냥꾼이 있고 순한 산에서 노루를 잡는 사냥꾼이 있으마는 누가 노루를 더 많이 잡을 꺼

같노?"

역시 말뜻만 좇아가고 있을 뿐, 영문을 몰라 대답을 잊었다. 그러나 다음 말에 나는 험한 산에 사는 사냥꾼이 되기로 결심하였다.

"물론 순한 산에서 잡는 사냥꾼이 노루는 많이 잡겠제. 그렇지만 실력은 어떻겠노? 험한 산에서 잡는 사냥꾼이 훨씬 더 늘게 마련인 기라."

치욕의 순례자들

나는 내 내면의 모습을 그려보기 위해 글을 쓰지 않는다. 나는 말할 수 없는 것을 말하기 위해 글을 쓰는 사람이 아니다. 적대와 모순에 맞서 싸울 만큼 내 문장이 단련되었다고도 생각하지 않는다. 꿈을 이야기함으로써 꿈을 존재케 하고 싶은 것도 아니며, 순결한 꿈의 아름다움을 노래하고 싶어하는 것도 아니다. 다만 나를, 지금 여기를, 나의 헛된 상상과 치욕의 물이 뚝뚝 흐르는 기억과 아무에게도 용서받지 못할 사랑을 견디지 못해서. 그 견딜 수 없음을 조금은 견뎌보려고……

그러나 어떤 불도 영원히 타오를 수 없는 것처럼 나의 작업이 내 치욕을 영원히 물릴 수는 없을 것이다. 내 삶을 온전하게 치욕에게 바칠 때에만 더는 치욕이 나를 찾아다니지 않으리라는 것을 알고 있다.

아직 오지 않은 질문에
대답하는 것만이

　그것만이 우리가 이 진흙별을 벗어날 수 있는 유일한 방법
이라서 우리를 싣고 떠날 단 한 척의 배라서……

　말하자면, 이 인과에 대한 배반을 통해서 우리는 우리가 알
수 없는 곳으로 향할 수 있다. 이 세계의 질문으로는 들을 수
없는 대답을 통해서 우리는 이 세계 바깥을 경험하는 것이다.

　그러나 그곳엔 플랫폼이 없다. 우리는 영원히 그 세계에 도
착할 수 없다. 다만, 도달을 위해 끝없는 미달을 감행하는 것
이다. 왜?

　그것이 우리가 이 진흙별에 던져진 이유를 추궁할 수 있는
유일한 방법이기 때문에 무엇보다도 그것이 그리움의 형식이

기 때문에……

미래는 아무리 당겨써도 남는다

"시는 그 무언가에 빚지는 게 아니라 그것과 결별하는 것이다. 빚지는 것이 과거와 연결되어 있다면, 결별하는 것은 미래에 닿아 있다. 다행히 미래는 아무리 당겨써도 남는다."

우주의 한 조각도 우주이고 죽음의 한 순간도 죽음이듯이, 우물 안의 삶도 삶이다. 다만, 내가 우물에서 나가 넓은 대지를 사유할 수 있는 방법은 우물의 바닥을 파는 수밖에 없었다. 이렇게 말할 수 있기를 바라면서 말이다.

"밑으로 갔는데, 위가 나옵니다."
반대편도 지구는 지구일 테니까.
"이것은 내려다보는 것입니까? 올려다보는 것입니까?"
반대편에도 하늘은 하늘일 테니까.

"아래위 모든 하늘은 공허합니다."

반대편에서도 나는 나일 테니까.

깊이의 문제는 애초부터 수단에 불과했다. 그래서, 어디로 가도 우리가 살아가는 곳 이상이지 않다고 말하는 것이 가능했으면 하는 바람. 고통이 그러한 것처럼 새로움도 살아가는 순간 속에 있을 따름이다. 도대체 이 우주에서 각자의 삶이 첨예하게 또 쉼없이 맞이하고 있는 그 순간 말고 무엇이 더 새롭고 낯설 수 있을까?

당신이 건너간 이미지의 세계

"그리고 그 앞에 이르러 나는 죽은 자의 얼굴에 화장을 하는 이유를 알게 되는 것이다."

오늘 나의 모습은 내가 사랑하는 사람의 모습입니다. 사랑하는 사람 말고는 누구도 떠올릴 수 없기 때문입니다. 사랑이 아니고서는 도무지 다가갈 수 없기 때문입니다.

그대를 대신하여 그대로 다가오는 이미지를 나는 오래 기다려왔습니다. 벽에 걸린 흰 꽃과 타오르는 향불 속에서……

우리의 변화 가운데 죽음만큼 완전한 변화는 없습니다. 그리하여 죽음만큼 깊은 이미지는 없습니다.

나는 그대의 죽음을 살고 싶습니다.

어쩔 수 없이 하나이다

"시는 언어를 가장 순수한 차원으로 돌려놓음으로써 나타나는 효과에 의해 완성된다. 그를 통해 언어는 자신을 넘어 우리가 감당하는 어떤 '상태로서의 세계'를 현현한다."

그러나 현실에 대한 깊이 있는 성찰을 결여한 채 가공된 이미지를 병렬적으로 축적해가는 경향이 오히려 현실의 유토피아적 상상력을 고갈시킬 수 있다는 우려가 꼭 무고한 것만은 아닐 것이다.

미학이 정치학이라는 이해에 도달하지 못한 문학이 현실의 폐허를 생산하는 것과 마찬가지로, 정치가 허구라는 사실을 드러내지 않는 문학은 감각의 폐허를 생산한다.

요컨대, 정치가 인식의 확신을 통해 구원의 가능성을 제도화하려 했다면, 미학은 감각의 불신을 통해 구원의 가능성을 해방시키려 하였다.

　우리가 그 둘을 함께 사유할 수밖에 없는 이유는, 정치와 문학이 공히 불가능을 어머니로 둔 쌍생아이기 때문이다. 미학과 정치의 이름으로 호명될 때, 아무리 멀리 떨어져 있더라도 그들은 어쩔 수 없이 서로의 얼굴을 하고 있다.

이 슬픔이 쉴새없는 채찍질로

이제 그만 헛된 망령들이 나를 통해 말하지 않기를 바라던 때가 있었다. 이제 그만, 잃어버린 외짝 신발로 떠가는 구름과 끝내 상처인 노을과 비 그친 후 안개가 비끼는 골목, 그 모든 풍경의 근원으로 쓰러져 있는 죽은 영혼들이 나를 통해 말하지 않기를 바라던 때가 있었다. 그러나 매번 내 말에 남는 것은 짓이겨져서 솟구쳐오르는 망령의 감각들이었다. 달라붙어 도무지 떨어지지 않는 거머리처럼 나를 놓지 않는 정체들 말이다. 그러나 생각해보면, 나는 죽은 자가 만든 세상에 살고 있지 않은가. 이 옷과 이 신과 이 말과 이 법을…… 나는 죽은 자가 지어놓은 밥을 먹고 살아가지 않는가. 어차피, 내 몸은 죽은 자로부터 온 것이 아닌가. 내가 보고 듣고 느끼는 모든 것들이 죽은 영혼의 것이 아니고 무엇이겠는가. 나를 가득 채운 것이 또한 죽은 영혼이 아니고 무엇이겠는가. 그래서 분명한 죽음을 생각하는 것이 불분명한 삶을 노래하는 것보다 훨씬 더 아름다운 일은 아닌가. 이 슬픔이 쉴새없는 채찍질로 그것을 일깨워주고 있는 것은 아닌가.

살아내는 하루

"그저 자연스러운 인간. 사랑하기 때문에 유혹받고 흔들리는 그 연약한 마음이 아름다워서 그렸을 뿐입니다."

—영화 〈미인도〉

〈월하정인〉〈이부탐춘〉〈단오풍정〉 등을 들며 그들은 이렇게 아뢴다.

"음탕한 그림으로 주상 전하의 권세와 수백 년을 이어온 도화서의 양식을 더럽혔습니다. 규율을 어긴 혜원을 부디 엄중히 벌하여 주시옵소서."

유교와 사대부의 나라에서 여인의 젖가슴과 부정한 순간들을 화폭에 담는 것을 용납할 수는 없을 것이다. 단원은 이렇게 변호한다.

"그림이란 보는 자의 마음가짐에 따라 달리 보이는 것이지요. 혜원은 그림을 통해서 사치스럽게 가체를 올린 기녀들과 제 본분을 잃고 색정에 눈먼 문란한 양반들을 풍자한 것입니다."

그림을 보는 자의 마음이 음탕하면 세상의 그릇됨을 꾸짖는 목소리를 음탕하다 이를 수도 있을 것이다. 세계를 대하는 태도를 향해 있는 이 말은 살아가는 법의 한 깊이로서 그만큼의 울림을 선사한다. 단원의 말에 잡혀 있던 내 마음은 다음 장면에서 끈을 놓친 듯 풀어진다.

정각에서 홀로 그림을 그리는 단원에게 혜원이 다가간다.

"왜 그러셨습니까? 스승님, 제 그림은 그런 의도가 아닙니다. 그림으로 그 누구도 조롱하고 해치려고 마음먹은 적 단 한 번도 없습니다."

"그럼 네놈이 정녕 음탕한 마음을 품었단 말이냐?"

"아닙니다. 그저 자연스러운 인간. 사랑하기 때문에 유혹받고 흔들리는 그 연약한 마음이 아름다워서 그랬을 뿐입니다."

누군가에겐 퇴폐적으로 파악될 수도 있고 누군가에겐 정치적으로 분석될 수도 있을 것이다. 그러나 이해와 해석에 앞서, 내 앞에 당신이 있다는 것. 그저 유혹받고 흔들린다는 것. 마음은 더없이 연약하고 그래서 아름답다는 것.

우리에게, 살아가는 법이란 게 애초에 있었을까. 태어나기도 전에 우리에게 씌워진 온갖 법들이 그 단단한 포승줄로 인간을 살게 만들 수 있는 것인지. 종국에는 법이란 게 누구를 조롱하고 해치려는 것은 아닌지. 그래서 이런 대사를 읊조린다.

"인간의 풍경을 찾아가는 길에서 한 사람을 만났고 그 몸을 만졌으며 마음을 느꼈습니다."

거기 다만 사랑이 있을 뿐이다. 그리하여 어디서부터 어디까지가 사랑인가, 라고 묻는다면, 유혹받고 흔들리는 모든 순간을 믿는다, 고 말할 수밖에……

가끔 너무 멀리 왔다는 생각을 한다

시작과 끝의 막연한 전후를 잃고 낯선 비행정에 담겨 있는 듯한 느낌이다. 이를테면, 골방 안의 어둠이 문틈에 꽂힌 햇살 속에서 먼지로 반짝이는 순간이거나 때마침 불어온 바람이 새삼 젖은 맨살을 깨닫게 하는 순간. 그것은 그저 살아가는 내가 세계 속에 던져진 나를 만나는 순간이다. 그때 불쑥 이런 질문이 찾아온다. '나는 정말 당신을 사랑하는가?' 헛된 욕망과 거짓 정치와 재난의 지구 한복판에서 또한 저기 가을부터 여기 여름까지…… 살아가야 한다는 이유로 자신을 맡겨온 모든 풍요와 광휘 속에서 나는 그 모든 진실들로부터 너무 멀리 와버렸는지도 모른다.

운명을 잃어버린 꿈

마지막까지, 누구도 자신의 생애를 벗어날 수 없다는 것! 왜? 인간은 몸이라는 섬에 유배된 자이기에—그 결정을 견딜 수 없어 우리는 빗속을 달리는지도 모른다. 아무리 달려도 바다가 될 수 없는 해안선처럼. 그러나 모든 생애는 또한 비 내리는 밤이라서. 비의 투명함이 어둠을 통과할 때 혹은 어둠의 투명함이 비를 통과할 때! 우리는 기어이 파도가 되기도 한다.

다만 어떤 생명이 인생을 찾아가서는 그 인생 가운데서 운명을 잃어버리고 꿈이 되는 순간이 있다.

다른 이유는 없다

다른 이유는 없다. 내가 믿고 있는 것이 다가 아닐지도 모른다는 실감을 포기하지 않는 것. 숨가쁘게 달리면서도 문득 뭔가를 놓친 것처럼 뒤돌아보는 것. 깨진 돌의 모서리에서도 인간의 언어를 발견하는 것이 문학이기 때문이다. 나는 문학이 숙고와 침묵, 거기 숨겨진 빛을 가진 캄캄한 기다림의 연속이라고 생각한다.

내 몸속에서 울고 있는

나는 내 몸속에서 잔뜩 몸을 웅크린 채 조용히 흐느끼고 있는 그 알 수 없는 존재 이외에 그 누구를 위해서도 시를 쓰지 않는다. 나는 세간으로 향하는 내 욕망이 무엇인지 잘 알고 있고, 어떤 유혹이 그것을 깨울 때마다 병원 옥상에서 마르는 시트처럼 뒤집히곤 하지만, 내 글쓰기의 숙명은 끝내 그것을 거절하는 일이라는 사실 또한 알고 있다. 그렇지 않고서는 내 몸속에서 어깨를 들썩이고 있는 그 가냘픈 존재에게 다가갈 수 없기 때문이다.

언젠가 내 고백이 끝나고 나면 그는 울음을 털고 일어나 홀연히 나를 떠나갈 것이고, 그때 나는 내 몸의 빈집을 하얗게 덮고서 다녀간 병의 이름으로 시를 기억할 것이다.

당신을
잊은
사람처럼

ⓒ 신용목 2024

1판 1쇄 발행 2016년 7월 19일
1판 5쇄 발행 2022년 3월 25일
2판 1쇄 발행 2024년 12월 24일

지은이 신용목

책임편집 유성원
편집 김동휘 권현승
디자인 한혜진
저작권 박지영 형소진 최은진 오서영
마케팅 정민호 박치우 한민아 이민경 박진희 황승현
브랜딩 함유지 함근아 박민재 김희숙 이송이 김하연 박다솔 조다현 배진성
제작 강신은 김동욱 이순호
제작처 더블비(인쇄) 경일제책사(제본)

펴낸곳 (주)난다
펴낸이 김민정
출판등록 2016년 8월 25일 제406-2016-000108호
주소 10881 경기도 파주시 회동길 210
전자우편 nandatoogo@gmail.com **페이스북** @nandaisart **인스타그램** @nandaisart
문의전화 031-955-8865(편집) 031-955-2689(마케팅) 031-955-8855(팩스)

ISBN 979-11-94171-28-7 03810